SOBRE TODOS
OS AMORES

ORLANDO LODI

SOBRE TODOS OS AMORES

1ª edição
São Paulo / 2016

EDITORA AQUARIANA

Copyright © 2016 Orlando Lodi

Editoração e revisão: Antonieta Canelas
Capa: Piero Buzatto

CIP-BRASIL. CATALOGAÇÃO-NA-FONTE
SINDICATO NACIONAL DOS EDITORES DE LIVROS, RJ

L797s

Lodi, Orlando
  Sobre todos os amores / Orlando Lodi ; ilustração Piero Buzatto. - 1. ed. - São Paulo : Aquariana, 2016.
  192 p. ; 21 cm

  ISBN 978-85-7217-179-3

  1. Romance brasileiro. I. Buzatto, Piero. II. Título.

16-31030   CDD: 869.91
                        CDU: 821.134.3(81)-1

08/03/2016 08/03/2016

Direitos reservados:
EDITORA AQUARIANA LTDA.
Rua Hélade, 125 G – Jd. Brasil
04634-000 São Paulo – SP
Tel.: (11) 5031-1500 / (11) 3571-4655
vendas@ground.com.br
www.ground.com.br

Para José Carlos e Dina Venâncio, irmãos de alma
e também para Sandra Olivieri e Bruna Lodi,
as minhas flores azuis.

À espera desse amor que desenha flores na minha vida.

Fernando Coelho

I

Nas remotas tardes do fim da minha infância, mantendo-me no colo, o meu avô me contou que um ex-padre, uma contorcionista e um anão foram os culpados da sua intempestiva fuga do circo. Também me contou que embora o corpo da contorcionista fizesse os homens se esquecerem dos mandamentos, foi a mágica dos seus olhos verdes que transformou um próspero exportador de óleos virgens no novo dono do circo. Ele era casado e pai de quatro filhas, sempre vestidas com roupas idênticas e com os cabelos longos amarrados por uma fita da mesma cor. Severo, envolvido com as contas exatas e com os mistérios do seu negócio, não percebeu a alegria que se esbanjou pela cidade com a chegada do circo. Soube pelas filhas, e elas, depois de multiplicarem os apelos, foram levadas para ver, além do palhaço, o grande tigre, o elefante de uma presa só, também os leões e a gorda mulher que engolia fogo.

O pai viu apenas a contorcionista. Pior: desavisado, assim que ela colocou ambas as pernas atrás do pescoço, até por respeito à mãe das filhas, levantou a cabeça e olhou nos olhos da artista. Foi quando, exceto o verde, todas as cores do mundo perderam o sentido. Não conseguiu dormir e na manhã seguinte as contas se revelaram inexatas e sem solução os mistérios do seu negócio. Lembrou-se das sardas da sua esposa, elas que um dia tinham sido o maior dos seus encantos. Pensou nas quatro filhas que haviam nascido desprovidas de sardas, e depois, vasculhando a memória em busca de alguma lembrança feliz, passou o resto da manhã caminhando ao redor do circo, sempre da direita para a esquerda. Ao meio-dia inverteu a direção dos seus passos e no fim da tarde, sereno, entrou em casa e revirou as gavetas onde eram guardadas as fitas que prendiam os cabelos das filhas. Escolheu quatro, uma de cada cor. Guardou a verde no bolso interno do paletó, espremeu as outras três no bolso esquerdo da calça e então, seguro de que as fitas seriam um antídoto visível contra os arrependimentos tardios, foi embora sem adeuses ou explicações.

— Pouco depois já era o novo dono do circo — disse o meu avô e também me contou que naquela mesma noite as lonas foram arriadas, desmontados os mastros e arquibancadas, acomodados os animais e na chuvosa tarde do dia seguinte, antecipando a partida, o circo mudou de cidade. Mas não foi remontado de imediato. Insatisfeito com o excesso de remendos, o novo dono decidiu substituir as lonas. Além disso, assumindo de vez as contas e os mistérios dos negócios circenses, mandou reforçar a sustentação das arquibancadas, comprou mais cadeiras e redesenhou o picadeiro, criando ao seu redor confortáveis espaços para as famílias mais abastadas. Também melhorou as acomodações dos artistas, exigiu tratamento de estrelas para os animais, enriqueceu a alimentação de todos e se tornou juiz único das contendas internas.

A paz se estabeleceu no circo, amores foram revelados, outros se tornaram mais frágeis do que as lembranças, e a contorcionista, indiferente aos amores alheios e exasperando o novo dono, mantinha-se fiel à sua ambiguidade. Ela, desde sempre, apenas se entregava por amor, ou pena, e as paixões que despertava não abriam os ferrolhos desses sentimentos. Era assim como se os seus olhos verdes de tantas magias e perdições navegassem isentos das próprias culpas.

Não era só a indiferença da contorcionista que exasperava o novo dono. Além do compreensível desejo de desfiar a fita verde que ainda guardava no bolso interno do paletó, ele se via às voltas com a reestreia do circo. Duas vezes já fora cancelada, e a causa do primeiro cancelamento foi uma misteriosa alternância de voltagem, tão potente que antes de incendiar o gerador, explodiu todas as lâmpadas que iluminavam o picadeiro e derreteu a fiação das áreas externas. Na semana seguinte, a sempre cuidadosa circense que engolia fogo, avaliando os efeitos da sua arte sob a luz do sol, soltou a tocha assim que uma rápida mudança da direção do vento trouxe as chamas ao encontro da sua mão. O fogo, alastrando-se na velocidade dos espantos pela palha que cobria o chão, rodeou a grande tenda de serviços, ameaçou o gerador com um novo incêndio e reduziu a um amontoado de escombros a tenda onde eram guardadas as roupas dos artistas.

Foi quando os circenses, indecisos se os transtornos eram causados por maus augúrios, maus olhares ou maus espíritos, sugeriram ao novo dono que trouxesse um padre para abençoar o circo. A recusa não os desmotivou, insistiram gerando cismas e coube ao mágico bater às portas da igreja, sendo atendido por um jovem padre itinerante, providencial substituto do adoentado pároco local. Ele era alto, magro e tinha as costas curvadas, assim como se sobre elas repousasse uma longa história feita de renúncias. Vinha com a alma limpa, o corpo intocado e a batina revelando os votos de pobreza. A franja, desalinhada sobre a testa, destacava os seus olhos, e eles refletiam uma solidão tão profunda que a contorcionista, ao vê-los, imediatamente se lembrou do garoto maltrapilho que na manhã de uma segunda-feira, esfomeado, bateu à porta da casa da sua infância. Lembrou-se da sua despensa vazia, também da oferenda que a fez mulher, e no gozo da lembrança, sem esconder os olhos como de costume, foi a primeira a acolher o padre.

Entreolharam-se e, inevitável, a insidiosa serpente das tentações ultrapassou os limites das fábulas, avançou sobre o peito do padre angustiando a sua respiração, saltou para a sua cintura num arremedo de abraço e depois de dançar sobre o seu ventre virgem, alojou-se, ereta, onde não devia. Ele se curvou mais ainda, ajoelhado ministrou a bênção, não encontrou disfarces para aspergir a água benta, atropelou as despedidas e então, sempre enrodilhado na serpente e esquecido do pároco adoentado, trancou-se no menor quarto da casa paroquial e jejuou durante sete dias. Malsucedido enveredou pelos flagelos, mas as dores apenas o fizeram descobrir o próprio corpo. Vieram as febres e o padre, incapaz até de se concentrar na mais simples das orações, buscou a fonte que jorrava milagres. Ali, além de se banhar e saciar a sede acumulada ao longo do jejum, sentiu a serpente rejuvenescida, implorando satisfações e incendiando as feridas abertas pelo flagelo. Mergulhou na insônia, também nas águas geladas de sete rios e, impiedoso, adornou a serpente com sete anéis de espinhos. As dores incomuns foram inúteis e ele, ainda lúcido, fugiu dos ardis da descrença, mas vieram os delírios e as suas emboscadas. O mundo se apagou atrás de uma névoa densa, surgiram os sete anjos e todos eles, exigindo sacrifícios, indicaram ao padre os caminhos da cura. Orou em gratidão, pôs-se em pé e depois, sempre seguindo os anjos, venceu uma longa ladeira certo de que assim como os cordeiros seria aceito no céu. Sem notar a alegria alheia se embrenhou na rua dos bares, na última esquina virou à esquerda, entrou no circo vendo imagens antigas e, assim como se ela fosse a arena dos mártires, invadiu a grande jaula onde eram domados os leões, abriu os braços em cruz e então, ignorando os gritos do domador e os acordes desafinados da banda, colocou a cabeça entre os grandes dentes do maior dos leões.

    O imediato silêncio do público ressaltou o pio distante de uma ave noturna, e o leão, submetido aos mistérios nem sempre compreendidos, além de comprimir o ventre evitando o vômito, levantou a pata esquerda e empurrou o padre.

    Foi o que contou o meu avô e também me contou que demorou, e muito, para a plateia superar as aflições, mas, assim que foram superadas, a ovação reverberou pelas lonas novas, ultrapassou os limites do circo assustando os casais furtivos, invadiu os bares aumentando a alegria alheia, fluiu pela longa ladeira, atravessou a praça e acordou o pároco adoentado. Sentindo-se curado, ele espalhou a boa nova repicando os sinos. Insistente, alvoroçou a distante ave noturna, luzes se acenderam e além, muito além, inocências foram comprovadas.

    Três meses depois, sem tonsura, com a franja ainda desalinhada e aplaudido pela contorcionista, o ex-padre se tornou o novo domador. A paz ainda reinava no circo, mas foi nessa época que o novo dono contratou o anão.

II

O anão sempre era apresentado como o menor e maior atirador de facas do mundo. Arrogante, usando uma cartola longa e um cinturão com dezoito facas, ele chegou acompanhado de uma jovem alta, dona de um sorriso afável e de coxas grossas. Indiscreta e falante, não demorou e todos os circenses souberam que a escuridão causava no anão a agonia dos desamparos. Jamais dormia sem acender algumas velas, todas do seu tamanho, e quatro lampiões, um em cada canto da sua tenda de circense. Tinha o sono difícil, gesticulava dormindo e, creditado ao inexplicável, sempre acordava antes da aproximação de qualquer vento com força suficiente para invadir a tenda e apagar as velas. Jamais rezava, e durante as noites assaltadas pelos sonhos aflitos, além de apalpar as laterais do colchão em busca das grades que guarnecem os berços, invocava a mãe enaltecendo as suas qualidades com uma infinidade de impropérios, sempre os piores possíveis.

Era injusto ao desmerecer a beleza e sensualidade da mãe, tão injusto que logo após o seu nascimento cinco homens quiseram assumi-lo como filho, mas ela vivia para distribuir encantos, também para colher em muitos homens tudo o que julgava impossível colher em um só. Dispensou as alianças e os anéis dourados, temendo a flacidez dos seios não amamentou e quarenta dias depois do parto, provando os seus melhores vestidos, acreditou que o aumento de peso era apenas uma passageira sequela da gravidez. Não era, e o ritual das provas se tornou diário, os vestidos se amontoaram inúteis, o espelho negou as fantasias e vieram os regimes. Revelaram-se ineficazes, vieram então as simpatias, as benzedeiras e os bruxos mal-afamados, também ressurgiu a fé e foi quando, ajoelhada e de mãos postas, ela multiplicou promessas para todas as santas magras do calendário cristão. Revoltou-se na manhã de um sábado ensolarado. Maldisse todas as santas, afrouxou de vez o sutiã e queimou os seus vestidos sem queimar as lembranças das mil vezes que havia se despido. No domingo, ainda envolta pelo lençol guardião de muitos cheiros, pensou nos anéis dourados agora impossíveis, culpou o filho sem qualquer ressalva e mergulhou na tolerância sempre disponível nos bares dos anônimos. E os cantos escuros perderam a impunidade, o álcool fantasiou a alegria, também deprimiu, e o filho, esquecido no seu berço, substituiu a inutilidade dos choros pelo desconsolado prazer de roer as unhas. Pouco a pouco se tornou insaciável, e foi na noite de uma quinta-feira de lua nova que ele, esgotadas as unhas das mãos, tentou roer as unhas dos pés e foi quando o pé esquerdo se chocou com uma das grades do berço, o seu corpo girou sem referências, as mãos buscaram o que não existia e ele desmoronou, costas como escudo, sobre a grade direita. Os escândalos da fragmentação da madeira ecoaram, para a mãe a vida seguiu em frente no anonimato dos bares, e o chão, solene, recolheu os restos da grade, também o menino. O socorro letárgico, cheirando a álcool e repleto de reprimendas foi no meio da manhã, a ciência foi menor do que o transtorno e então, durante meses, o futuro atirador de facas não moveu as pernas. Aos nove anos alcançou a altura que teria pelo resto da vida e aos doze anos, puberdade se impondo, descobriu que indiferente à inércia dos seus braços e pernas, o melhor dos seus membros ainda crescia. Um ano e dezenove meses depois, mal disfarçado pelas calças curtas, o volume entre as suas pernas pequenas, assim como uma maravilhosa contradição, enveredou pela imaginação de uma vizinha sempre atenta às mágicas do mundo. Passou a convidá-lo para provar as caldas dos doces e os recheios dos bolos. Criou novas receitas e no meio da tarde de uma terça-feira, exasperada com as emergências do corpo, não se contendo o colocou no colo e desnudou os seios dizendo que iam brincar de mamãe e bebê prematuro. As brincadeiras se sucederam, o final feliz as fez diárias e na manhã de um sábado, dia sempre propício para as distrações irreparáveis, a mãe descobriu onde e como o filho brincava. Recusou as caldas e os recheios, embrutecida pelo álcool agrediu a vizinha, escandalizou as imediações com os seus gritos e depois, claro, realizando um sonho antigo, expulsou o filho de casa.

    Foi acolhido por um grupo de saltimbancos, mas o receio de novas quedas e a fragilidade das pernas impediram a sua integração. Aventurou-se então na companhia de um grupo teatral ambulante e menos de um mês depois, ridicularizado tanto pela má interpretação quanto pela altura, mostrou a todos o tamanho da sua irritação abaixando as calças. Mais uma vez expulso, buscou um circo e foi aceito como aprendiz de palhaço. O aprendizado durou pouco: visto como antídoto perfeito para o bom humor, passou a vender guloseimas entre a plateia. Resistiu aos desaforos, ganhou as suas primeiras moedas e as gastou na compra de uma faca, idêntica às facas que tinha visto nas exibições de alguns atiradores. Ansioso, imediatamente começou a exercitar a pontaria imaginando como alvo o rosto do pai que jamais soube quem era. Os desacertos se somaram e ele, irritado, além de atormentar os leões os espetando com uma vara de tamanho prudente, substituiu como alvo o desconhecido rosto do pai pela conhecida imagem da mãe. Foi quando o seu talento se revelou, e em alguns meses convenceu a todos que já estava pronto para se mostrar ao mundo.

E estava: apresentado ao som de fanfarras como o menor e maior atirador de facas do mundo, ele entrava no picadeiro exibindo a cartola longa, o cinturão prateado com as dezoito facas e a arrogância incomum. Não agradecia aos aplausos e, sempre auxiliado por dois circenses, subia no tablado que equilibrava a sua altura com a altura da roda giratória. Mal olhava para o parceiro atado à roda e então, independente da velocidade dos giros, atirava dezessete facas redesenhando o corpo alvo com precisão milimétrica. Repetia o número com os olhos vendados e depois, encerrando a apresentação, dava as costas para o parceiro e atirava as facas, acompanhando o giro da roda através de um espelho tão minúsculo que apenas se tornava perceptível ao refletir a luz.

Na primavera, depois de se certificar que jamais seria tão aplaudido quanto o trapezista, mudou de circo sem se despedir de ninguém. Em janeiro não houve como convencê--lo a se apresentar na sua cidade natal. Arrumou as malas, lustrou as facas, poliu o cinturão e foi para um circo maior, atraído pelas promessas de viagens ao exterior.

— Infelizmente as promessas não foram cumpridas — disse o meu avô e também me contou que o novo dono, ao contratar o anão, jamais imaginou que veria o fim da paz que havia estabelecido no circo. Não o teria contratado caso soubesse que o pequeno atirador de facas, sempre desdenhando das hierarquias e das sutilezas alheias, apenas respeitava uma crença peculiar. Ou superstição: certo de que os acidentes somente ocorriam no final da apresentação, entrava no picadeiro com o seu cinturão de dezoito facas, todas iguais e aptas à sua maestria, mas atirava apenas dezessete. Às vezes, lembrando-se da mãe, ao atirar a décima sétima faca provocava sustos no parceiro, e então sorria, e o seu riso era tão irritante que os leões, ao vê-lo sorrindo pela primeira vez, atiraram-se ao encontro das grades numa evidente sanha assassina.

    O tamanho do atirador de facas facilitava a sua vocação para as bisbilhotices, mas também gerava suspeitas sobre as suas habilidades, sempre uma barreira para encontrar parceiros entre os circenses que não haviam visto as suas apresentações. A discriminação o acompanhava, e não foi diferente no circo onde atuavam a contorcionista e o ex-padre, ambos refletindo a eficaz capacidade do anão em gerar antipatias imediatas, tão imediatas quanto as dez desculpas que gaguejava a jovem de riso afável ao recusar a parceria.

    Embora já dispersasse olhares, ainda não era evidente que ela, infiel vocacionada, temia a décima oitava faca. Acabaria fugindo com um trapezista, mas antes, em outubro, depois de acenar com moedas, conselhos e conforto, o novo dono perdeu a paciência. Reuniu os circenses exigindo um parceiro para o anão e aumentou o tom de voz ao ameaçá--los com expulsões. O seu indicador recolheu recusas suficientes para despovoar o circo. Amenizou o tom da voz, disfarçou o sorriso e já se preparava para dispensar o pequeno artista quando o meu avô chegou ao vilarejo que abrigava o circo. Era o quadragésimo dia de uma caminhada difícil e ele, cansado, sem uma única moeda e vestido com roupas ciganas, deparando-se com o barulhento desfile dos circenses anunciando o espetáculo noturno, viu no circo a oportunidade de amenizar algumas das suas aflições, entre elas o jejum.

Viu, ainda, o alvoroço das crianças, e assim que se esgotou o desfile, o marcante contraste entre as roupas ciganas e os cabelos loiros e cacheados do meu avô, provocou no novo dono um riso sem disfarces. Irônico, sorriu mais ainda ao afirmar que havia, sim, um trabalho justo para um bonito jovem de olhos azuis. Não especificou qual seria esse trabalho e horas depois, escoltado pelo escudeiro do novo dono, peito nu e sob o aplauso de todas as mulheres, o meu avô entrou no picadeiro. Já atado à roda ouviu os clarins anunciadores, pressentiu-se próximo dos arrependimentos e ao ver o anão sob a longa cartola, estreando uma roupa dourada e exibindo o cinturão, além do naufrágio nos arrependimentos sinceros, elucidou o sentido do riso irônico que precedeu a sua contratação.

— Lutei contra as correias — disse, sorriu e então me contou que a plateia, imaginando que a sua luta fosse encenação, dividiu-se entre risos e aplausos. Vencido pelas correias, tentou se lembrar de alguma oração, descobriu--se abandonado até pela própria memória e viu o anão, auxiliado por dois malabaristas, subir no tablado quase da sua altura e inadvertidamente encerado por algum circense. Soaram novamente os clarins, luzes realçaram o alvo e, a cada novo impacto das facas ao encontro da roda, esquecido das correias e da memória, o meu avô lutou contra os ameaçadores desacertos da urina. Respirou aliviado ao ouvir os aplausos, abriu os olhos e foi nesse momento que o pequeno artista, vítima de uma sina infeliz, sentiu o seu pé esquerdo deslizando sem rumo certo. Buscou o apoio do pé direito, trançou as pernas e então, dançando o desequilíbrio, ultrapassou o limite do tablado e caiu sobre a cartola. O meu avô se sentiu vingado, as lonas reverberaram mil e cem gargalhadas desconcertantes e o anão, assim que se pôs em pé, tirou do cinturão a décima oitava faca e cortou a cartola então sanfonada em oito partes quase iguais. Recolheu os pedaços, guardou a faca e ignorando os palhaços que alongavam a alegria da plateia, foi ao encontro da jaula dos leões. Como sempre os animais eriçaram as garras, mas apenas se chocaram com as grades quando o enraivecido artista, pensando na plateia, jogou dentro da jaula um dos pedaços da cartola. Pensando na mãe atingiu um dos leões com o segundo pedaço, dedicou o terceiro ao circense que havia encerado o tablado e o quarto foi oferecido à jovem de coxas grossas que naquela manhã, expressão de quem elabora fantasias, tinha escancarado o riso afável para um dos trapezistas. Lembrou-se do riso retribuído e se preparava para mais uma vez infernizar os leões quando o ex-padre o agarrou pelos fundilhos, assim como se obediente a um impulso nada santo fosse jogá-lo dentro da jaula. Incentivado por alguns circenses levantou o anão acima da cabeça, mas foi quando a gorda mulher que engolia fogo se interpôs entre o domador e a jaula.

III

Antes de se interpor entre o domador e a jaula dos leões, a gorda mulher que engolia fogo jamais imaginou que seria alvo da mais pura e definitiva das provas de amor. Os seus encantos não eram visíveis: ela havia herdado as características físicas do pai, e assim como ele, além do excesso de peso e do cabelo sem brilho, manchas estriadas se multiplicavam no seu rosto, também nos braços e se alongavam mais ainda no ventre volumoso. Volumosa também era a fortuna do pai, único entre os homens da família sem qualquer vocação para as aventuras que se registram nos livros de história. Já havia perdido dois irmãos, um deles na tresloucada tentativa de conquistar as escarpas do norte em pleno inverno. O outro, mais ousado ainda, jamais voltou à tona ao mergulhar em busca dos vestígios de uma civilização desaparecida.

Contrastando com as origens do marido, a mãe da circense vinha de uma família simples, e eram raros os dias que não lamentava a covardia que a fizera desarrumar as malas momentos antes da fuga. Era ainda o tempo em que os pais, intransigentes defensores dos costumes antigos, escolhiam os maridos das filhas. Às vezes, entre os seus lamentos, pensava em novamente arrumar as malas, mas, implicando até com os gestos mais simples do marido, aliviava as angústias acumuladas. Via na filha a extensão do pai, e tantas vezes realçou as semelhanças que veio o dia em que a menina, ainda feliz, mirou-se inteira no maior espelho da sala. A bruxa dos espelhos, sempre perversa, foi além das comparações maternas, e a filha, jurando que o confinamento seria eterno, trancou-se no seu quarto.

Mas, quatro anos depois, os incandescentes suores noturnos umedeceram os lençóis, os sonhos deixaram de ser infantis, vieram as ansiedades saudáveis e com elas o espírito ousado dos tios. Chamou o pai, exigiu duzentas moedas, riu do espelho da sala e então, depois de atravessar muitas águas em um desconfortável navio suspeito, vencer dois rios e alguns afluentes espremida no menor dos barcos a remo, caminhar oito dias por trilhas espinhosas e esperar sete horas, viu-se frente a frente com o ermitão conhecedor dos mistérios do corpo.

Voltou para casa levando apenas um líquido espesso, inodoro e enriquecido com os elementos menos ácidos das terras férteis. Recusou o abraço da mãe, levou o grande espelho da sala para o quarto, despiu-se nos rituais da esperança, despejou o líquido enriquecido na banheira repleta de água fria e após oito banhos na mesma água, quebrou o espelho ao descobrir o tufo de pelos rebeldes crescendo entre os seus seios.

Foi quando se lembrou dos circos e do fascínio que despertavam as mulheres barbadas. Sorriu lamentando a quebra do espelho, aceitou o abraço do pai e já era circense há três anos na noite em que se interpôs entre o domador e a jaula dos leões. Desde sempre generosa e sincera com todos, era vista com bons olhos, tanto que ali, ao defender o anão, fez o ex-padre perceber a insanidade do seu impulso nada santo, mas, ainda incorporando a fúria dos leões, ele jogou o pequeno atirador de facas ao encontro da defensora. Embora pega de surpresa ela não o deixou cair, e o anão, imediatamente, lembrou-se das suas quedas desastrosas, e sentiu o inédito conforto do amparo, e se agasalhou entre os seios fartos. Os leões se aquietaram e a artista, hálito aquecido por todas as chamas, ao abaixar o anão o deixou deslizar entre as suas pernas.

— Jamais duvidei que para cada circo há uma fada — disse o meu avô e também me contou que dias depois, intermináveis, vieram as chuvas que alagaram as estradas impedindo a locomoção do circo. O bolor infestou a parte interna das lonas, e em novembro, exceto pelo juramento que havia feito três vezes sobre três rastros do domador, nada mais ligava o anão ao seu passado. Entre os seios volumosos da nova companheira e enlaçado pelos seus braços protetores, ele agora em paz com o escuro dormia sem acender velas ou lampiões. O seu sono era tranquilo, repleto de sonhos tão bons que se enveredavam pelo abraço alegrando os sonhos da mulher, e ela acordava feliz, espalhando pelo circo um perfume incomum. Apaziguou-se consigo mesma, e ajustando o seu mundo ao mundo do anão, diminuiu o comprimento das chamas que expelia durante as suas apresentações. Diminuiu ainda mais, e na manhã seguinte, ao se pentear, notou que a maior das manchas do seu rosto havia encolhido na mesma proporção do encolhimento das chamas. Duas outras haviam desaparecido, também o tufo de pelos rebeldes. Apenas sorriu, e logo após o almoço, assim como todas as tardes, nua, feliz e colecionando boas lembranças, dividiu os seus delírios de amor com os delírios do anão. Apaziguou-se então com o próprio corpo e no início da noite, revivendo as boas lembranças e se prometendo novas adequações das chamas, descobriu que a sua roupa de artista, sempre justa e incômoda, estava mais do que confortável.

Foram necessários ajustes apressados, vieram outras tardes enlouquecidas, foram feitos novos ajustes e todas as manchas se esconderam na limitação contínua das chamas. Desapareceram as estrias, também as dobras dos excessos, e foi quando a generosa transformação fez o corpo da artista idêntico ao corpo das vestais que povoam a imaginação dos solitários. Apenas sorriu, e como sempre espalhando pelo circo o perfume incomum, ignorou o exibicionismo dos trapezistas, os ensaiados gestos dos atores, as firulas dos malabaristas e as dez outras cobiças, cinco veladas e cinco explícitas. Não notou os olhares perplexos das dançarinas, e assim que os amores entre ela e o anão tornaram sofridas até a mais fugaz das separações, surgiu em ambos o desejo de se tornarem parceiros.

Não se confessaram, mas na quinta-feira, vivendo mais um dos seus sonhos bons, o pequeno atirador de facas viu-se atravessando dezenas de cortinas transparentes para alcançar o picadeiro. Acreditou que os aplausos eram um antecipado reconhecimento à sua maestria. Ajeitou a cartola e o cinturão, mas ao vencer a última cortina descobriu que os aplausos ainda acolhiam a sua nova parceira, já atada à roda. Ela sorria e o seu riso, obediente ao giro da roda, criava um círculo luminoso que se expandia além das lonas. Ele acordou feliz, imaginando o perfeito corpo da mulher rodeado pelo brilho das suas facas. Pressentiu intermináveis as ovações da plateia e se encorajou para propor a parceria.

Mas a proposta se fez desnecessária: logo após as delícias dos amores matinais, crédula que os sonhos contados em jejum se tornam realidade, a mulher olhou nos olhos do anão, sorriu e contou que durante a noite tinha vivido três vezes o mesmo sonho. Neles, sorridente e atada a um círculo luminoso, expunha-se às dezessete facas, mas elas mergulhavam na luz e emergiam borboletas que se aninhavam ao seu redor. Ainda nus confrontaram os sonhos, beijaram-se celebrando a parceria feita por amor, vestiram-se imaginando como seria a estreia e, uma semana depois, luzes multicoloridas giravam iluminando a roda então adequada para o belo corpo da mulher.

Pela primeira vez em toda a sua vida de circense o anão inclinou as costas agradecendo aos aplausos, sorriu para a parceira já atada à roda, preparou-se com a solenidade de sempre e atirou a primeira série de dezessete facas. Os aplausos vieram escassos, refletindo descontentamentos com a sua apresentação. Olhou para a roda, parabenizou-se pela harmonia perfeita entre a silhueta da mulher e a posição das facas, e então, sem entender a reação do público, com os olhos vendados e ouvidos atentos, através dos sons dos impactos das facas julgou a segunda série tão perfeita quanto a anterior. Tirou a venda à espera dos aplausos, mas escutou apenas os murmúrios de insatisfação, também algumas vaias, e o anão, desconcertado, olhou para a mulher assim como quem busca explicações. Ela sorria, e o seu sorriso revelava a imbatível alegria de ter sido alvo da mais pura e definitiva prova de amor: as facas não haviam se transformado em borboletas, mas atiradas com a perfeição dos amores que jamais envelhecem, haviam desenhado o seu contorno, exatamente o contorno avantajado que ostentava na noite em que se interpôs entre o domador e a jaula.

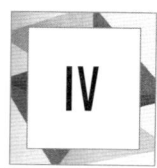

IV

— Livre das facas me vi às voltas com as espadas — disse o meu avô e então me contou que o novo dono o tornou assistente do mágico, um artista inconformado com a sua pouca relevância no circo e sempre rondando as circenses, exceto a contorcionista. Temia, assim como todos, os desvarios do ex-padre que o faziam vigiar a mulher com o desespero dos amantes que se julgam traídos. Vasculhava os seus pertences em busca de pistas comprometedoras, exigia que no picadeiro se apresentasse de olhos fechados e todos os dias, obediente ao ritual de se fazer temido, exercitava-se com o chicote apagando velas, arrancando pregos e desatando nós.

Além de musicarem o exibicionismo, os estalidos secos do chicote intumesciam a veia vingativa do anão. Lembrava-se então do juramento que havia feito três vezes em três rastros do ex-padre, mas independente do entrevero que os fizera inimigos, ambos viviam um momento particularmente difícil. O pequeno atirador de facas, ainda sem compreender a reação da plateia e a consequente suspensão das suas apresentações, convivia mal com o sucesso da mulher. Divulgada e aceita como um milagre de amor, a sua repentina transformação ganhou os encantos das lendas até então reservadas para os heróis. Ultrapassou limites vencendo mil encruzilhadas, alcançou as terras altas onde todos os homens eram tristes, também o refúgio dos solitários. Venceu os incrédulos e foi quando, em busca das bênçãos benfazejas que ela expelia através das chamas, vieram ao seu encontro as caravanas dos casais desajustados, as procissões dos carentes e dos vitimados pelos amores não correspondidos. As filas rodearam o circo obrigando a artista a duplicar as suas apresentações, mas também se tornaram insuficientes assim que os menestréis cantaram as angústias, vida e glória do anão. Então vieram as jovens, todas sonhando com um homem que as visse sempre como eram no primeiro encontro.

— E o novo dono desistiu de entender os mistérios do seu negócio — disse o meu avô e também me contou que apesar do sucesso a artista não se descuidava do anão. Protegia o seu sono como sempre, compensava as ausências alongando os amores vespertinos e o acalmava quando o seu obsessivo desejo de vingança explodia em irritações.

Alheio ao anão, o ex-padre vivia as próprias aflições, e todas nascidas da fragilidade da sua relação com a contorcionista. Incapaz de fazê-la enveredar pelas loucuras da paixão, toda a altivez que demonstrava nas suas exibições com o chicote sucumbia na intimidade do casal. Era quando ele se agarrava à compaixão e sensibilizava a mulher inventando doenças que exigiam cuidados, dores errantes, injustiças e humilhações. Também a envolvia narrando a impiedosa solidão vivida nos conventos, os imerecidos castigos aplicados pelos padres, todos austeros, e sempre encerrava as narrativas exaltando o sofrimento que precedeu o abandono da batina.

Apenas se apaziguava ao colher a solidariedade ou o corpo da mulher. Raramente sorria, e o meu avô, desconhecendo os infortúnios do ex-padre e os arroubos vingativos do anão, passava o dia e às vezes boa parte da noite na grande tenda de serviços. Ali, ludibriando a solidão, ocupava-se restaurando cadeiras, engraxando as suas botinas ou polindo as espadas do mágico.

Mas, como sempre, o inesperado estava à sua espreita, e na noite de uma quinta-feira, vendo a imensidão das filas, o novo dono o mandou auxiliar a bilheteira. Foi imediato: os seus olhos perderam o compasso entre os atributos que faziam os homens esquecerem o troco, a atração foi mútua e os circenses, já atabalhoados com a multiplicação das apresentações, viram-se enredados nos madrugadores orgasmos alheios. Era quando a bilheteira urrava impropérios, implorava continuidade, também sonorizava as posições inéditas. Insaciável, escandalizava o silêncio durante as repetições, mas não foram apenas os arrebatamentos continuados que fizeram a contorcionista morder os lençóis. Dias antes dos primeiros gritos, permissivo e capaz de burlar vigilâncias, o destino a fez olhar para o meu avô. Viu os seus cabelos loiros, cacheados, espelhou-se nos olhos azuis e, naquela noite, ignorou a desolada franja do ex-padre. Acordou ouvindo os próprios silêncios, ao meio-dia estava confusa e no final da tarde sentiu as ardências que julgava esquecidas. Passou o resto da semana ansiando por um encontro, um simples esbarrão que fosse, exasperou-se com a vigilância do domador e ansiou por algum incidente que obrigasse o novo dono a reunir os circenses.

No domingo pensou em fazer uma fogueira com os chicotes do ex-padre, na terça-feira sorriu para os leões e na noite seguinte misturou os seus silêncios com os gritos da bilheteira. E os dias se tornaram uma angustiante espera pelos gritos noturnos, depois era o silêncio, os suores inúteis e as sábias mentiras da paixão. Acumularam-se, e veio a noite em que a contorcionista, ansiosa, viu o domador iniciar a sua apresentação, investigou o pátio interno do circo sem ver o anão urinando além da segunda sombra, sentiu-se invisível, atravessou o pátio e invadiu a grande tenda de serviços. O espanto fez o meu avô arregalar os olhos, tentou fechá-los, mas já era tarde. E se olharam nos olhos, e os descaminhos dos olhos verdes mostraram os caminhos das mãos, as aflições as apressaram, os seios nus encontraram abrigos e a mágica se fez.

— Mágica sem final — disse o meu avô e me contou que o anão, assistente privilegiado, depois de bater três vezes o pé no chão como se ali estivessem os três rastros do domador, correu na direção do picadeiro, aproximou-se da grande jaula ignorando o espalhafato dos leões, esperou a irritada aproximação do ex-padre, sorriu do chicote ameaçador, fechou as mãos, esticou os dedos indicadores e os colocou na cabeça, um a cada lado assim como são os chifres. Espetou o ar na direção da tenda e, mais rápido do que as suas facas, buscou abrigo no meio do público.

E foi a mulher do anão, sempre atenta aos pequenos passos do marido, quem alertou o casal. A contorcionista fechou os olhos, o meu avô se antevendo vítima do chicote agarrou as roupas, também as botinas, e na aflição da fuga tropeçou em um mastro à espera de ser recolhido. Ao cair jurou que havia quebrado o dedão do pé direito, ao se levantar ouviu a sinfonia de gritos assustados e, sem entender a origem dos gritos, saltitante e nu atravessou a rua, viu uma casa às escuras, avaliou a altura do muro que a isolava do mundo e o saltou com a habilidade dos fugitivos. Encolheu-se, olhou para o dedão que haveria de se consolidar torto à esquerda, desviou os olhos para as roupas e as esqueceu ao descobrir que os gritos, ritmando os transtornos de uma histeria coletiva, tornavam-se mais próximos. Invadiram a rua, e o meu avô, desde sempre suscetível aos gritos, encolheu-se mais ainda, temendo que outra vez se visse submetido à humilhação de um castigo exposto a todos.

Mas, claro, ele ainda não sabia que o ex-padre, transtornado, ao sair da grande jaula havia batido com tanta força a porta gradeada que as suas presilhas tinham rompido. Os leões, então, foram além de apenas farejar a liberdade, explodiu o tumulto e o domador teve os seus passos barrados por dois trapezistas e pelo palhaço. Ainda refletindo a ironia do anão julgou que os circenses protegiam a contorcionista, quis superá-los com o uso do chicote, mas os sons dos atropelos, a histeria dos gritos e o revólver do novo dono o fizeram recuar. Viu os leões saltando cadeiras em busca de uma saída, também viu quando eles invadiram o pátio interno e depois, seguindo as pegadas, enveredou pela rua perpendicular ao circo alcançando a praça frontal à igreja. Foi quando se deparou com os leões empoleirados nos bancos de madeira que rodeavam o coreto, e culpando-os pela possível fuga do desafeto, estendeu o chicote. Chegou a levantá-lo, mas o maior dos leões, agora cabisbaixo e juba em desalinho, não mostrava os grandes dentes que o haviam poupado. Ambos eram cativos, presidiários que se distinguiam apenas pelas celas, uma feita de grades, ferrolhos, aço bem temperado, cruel, e a outra, verde, tramada pela crueldade de um acolhimento piedoso. Ambos eram cativos, disciplinados, um ao chicote que estalava sem jamais atingi-lo, o outro pela magia, pela paixão virtuosa, pelo suplício da dependência. Ambos eram infelizes, mas, embora as jaulas estivessem abertas, não puderam fugir.

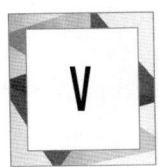

V

Muitos anos depois, já apaziguado com o seu destino, o meu avô haveria de se deparar com um cartaz circense destacando, entre as suas atrações, o menor e maior atirador de facas do mundo. As lembranças vieram suavizadas pelo tempo e o comportamento de então há muito já havia sido revisto. Também justificado, e ali, sem encontrar no cartaz qualquer referência a parceiros do anão ou sobre apresentações com a utilização do fogo, ele acreditou que o sucesso unilateral, as surpresas da vida ou a ingerência do destino tinha separado o casal. Pensou que talvez o único amor eterno fosse o seu, mas, horas depois, discreto no meio de uma plateia entusiasmada, surpreendeu-se ao ver a anônima parceira do pequeno artista tão gorda quanto era na noite em que se interpôs entre o domador e a jaula dos leões. Por um momento, vagando pelas lembranças antigas, o meu avô reviu as filas ao entorno do circo, as chamas que abençoavam os solitários, também os casais desajustados. Sorriu ao apagar as lembranças e depois, olhando para a parceira do anão, sentiu-se sob as bênçãos de um amor incomum.

Nessa época, sempre calçando sapatos especiais, o meu avô ainda acreditava que o flagelo sofrido pelo seu dedão nada mais era do que a expiação de uma culpa que carregava desde a sua noite de núpcias. Tinha se casado meses antes da sua fuga intempestiva do circo, e o seu casamento havia sido celebrado sob as rédeas dos usos e costumes imperiosos na sua aldeia natal. Desde sempre eram os pais que escolhiam as noras ou os genros, a obediência não admitia contestações e, pior, era vedado aos filhos e descendentes dos primeiros habitantes o abandono da terra natal.

— Ali nasciam, procriavam e morriam — disse o meu avô e me contou que era descendente do fundador da aldeia, um pastor de ovelhas de cabelos pretos e eriçados, pele escura, traços rudes e bigode largo que em nada atrapalhava o seu olfato incomum. Através dele definia o melhor momento de colher os tubérculos, distinguia as raízes medicinais das venenosas, apontava os locais exatos das águas subterrâneas e impedia escavações quando as águas não eram saudáveis. Jamais os lobos surpreendiam o seu rebanho, e ele, farejando o norte com o fervor dos desgostos que não se esgotam, avaliava o seu distanciamento do antiquíssimo vilarejo natal. Os ventos do leste traziam os cheiros das terras altas, ali onde todos os homens eram tristes. O local era evitado, e os ventos contrários, típicos da hora que precede o pôr do sol, inundavam o seu olfato com as fragrâncias das águas salgadas. Era quando o pastor suspendia a marcha do rebanho e então, preso aos martírios do seu destino, musicava o mundo com os sons tristes da sua gaita.

Também era quando a sua ovelha predileta, segura que após a música vinham os lamentos, deitava-se ao seu lado. Além de ouvi-lo atenta, seguir todos os seus passos e vigiar o seu sono, recusava acasalamentos assim como se ela também fosse vítima do estigma ou maldição que desde os tempos antigos assombrava a grande família do pastor. Sempre, a cada três membros homens da família, independente do grau de parentesco, o mais jovem nascia impotente. E o pastor, além de detestar os dois irmãos mais velhos e se distinguir pelo olfato, único crédulo da família durante toda a sua juventude buscou na fé o antídoto contra o estigma ou maldição. Mas, frustrado ao término de mil novenas e de mil promessas pagas sem o recebimento da graça, deu as costas para as igrejas, desdenhou dos vinte e sete santos todo ano festejados no vilarejo, deixou fluir os desgostos e buscou a solidão dos pastoreios.

Durante sete anos, avaliando as imensidões do mundo, vagou entre colinas e planícies. Levou o rebanho até as bordas das cordilheiras, percorreu todas as trilhas e colinas do leste, desviou-se dez vezes do vilarejo conhecido pelas mulheres febris que se ofereciam nas esquinas, descansou nos abrigos de inverno, neles ouviu as histórias contadas pelos pastores mais velhos, criou trilhas em pastos virgens e apenas não sucumbiu à própria tristeza graças à companhia da ovelha, sempre amorosa. Ela, além de vigiar o seu sono, recusar acasalamentos e pressentir a aproximação das angústias, balia nas desafinações da gaita, deitava ao seu lado nas noites frias e meneava a cabeça em negativas quando o pastor, revoltado com o presente, reafirmava que o seu futuro nada mais seria do que a extensão do passado.

Sempre inseparáveis, em outubro buscaram os pastos mais resistentes aos invernos, veio novembro e no meio-dia de uma sexta-feira o pastor sentiu os primeiros arrepios das febres sem origem aparente. Farejou as imediações à procura de alguma raiz ou erva medicinal, desistiu ao sentir as pernas pesadas e buscou abrigo sob a copa de uma castanheira. Então, seguro que a ovelha predileta velaria o seu sono sem se descuidar do rebanho, estendeu o cobertor entre duas raízes expostas. Deitou-se, crédulo que a magia das castanheiras o livraria dos delírios febris, farejou outra vez as imediações certificando-se livre dos perigos iminentes e se deixou vencer pelo pastoso sono das febres.

E, como era sexta-feira, mistérios sempre à espreita, livre dos delírios veio o sonho repetitivo e nele, dez vezes, o pastor se viu muito velho, rosto adornado pela barba dos profetas e pernas dependentes do apoio do cajado. Também se viu rodeado por descendentes, todos homens e todos à sua imagem e semelhança, assim como se o seu rosto e corpo se refletissem numa infinidade de espelhos. Apenas acordou na manhã seguinte e no início da tarde, ao se pôr em pé, sentiu o vazio que sucede os sustos: a ovelha predileta havia desaparecido. Olhou outra vez ao redor tentando se convencer que era vítima dos delírios tardios. Não era, e temendo infortúnios, subiu em uma pedra, farejou as direções e descobriu que o cheiro da ovelha, único como são todos os cheiros, vinha do sul.

Direção que jamais haviam trilhado, e o cheiro da ovelha fluía paralelo aos bons cheiros de um rio que apenas transbordava na estação dos degelos. O aroma fresco das águas e o desamparo abreviaram a convalescença, e o pastor, assim que reuniu o rebanho se pôs ao encalço da ovelha. A solidão marcava os seus passos, os horizontes distantes refletiam o temor da perda, e vieram todas as cismas, incluindo os possíveis predadores e a sedução dos espíritos errantes. Recitou os desconjuros, pensou outra vez nos predadores e imediatamente se arrependeu das mil vezes que havia desdenhado dos vinte e sete santos festejados na sua aldeia natal. Doze eram as quermesses que os festejavam e ali, enveredando pela trilha desconhecida, o pastor misturou lembranças na tentativa de se lembrar do nome dos santos. Reviu as jovens desabrochadas nos seus vestidos novos, recuperou os perfumes que apenas colhia à distância, irritou--se revendo o rosto dos irmãos mais velhos, sustou a irritação, também as lembranças e então, um a um, disse em voz baixa o nome dos vinte e sete santos.

— Mas não conseguiu se lembrar em que mês era festejado o santo protetor dos enjeitados — disse o meu avô, sorriu e me contou que o pastor, seguindo o cheiro da ovelha, atravessou campos perturbados por hordas de redemoinhos que se chocavam em busca do mesmo espaço, atolou as botas após as tempestades cataclísmicas e gritou na inútil tentativa de romper o silêncio tão absoluto quanto assustador. Alimentou-se mal, temeu pelo rebanho ao se confrontar com longas extensões de terra árida, evitou o descanso próximo das árvores infestadas de parasitas, viu-se enfim rodeado de campos férteis e ao iniciar o quinto dia da sua caminhada, além do cheiro constante da ovelha, colheu o aroma pouco adocicado que jamais havia sentido. Pensou em framboesas selvagens, em florações prematuras e em arbustos resistentes aos invernos. Duvidou das comparações e assim que se lembrou que o santo protetor dos enjeitados era festejado em julho, viu ao sul, escondendo a linha do horizonte, uma estranha formação que não soube definir se eram árvores que se entrelaçavam ou apenas uma pequena formação coberta de arbustos.

Descobriria que eram espinheiros, mas antes, curiosidade menos latente do que o anseio em rever a ovelha, embora ainda intrigado com o aroma desconhecido, desvencilhou-se da paisagem e apressou os passos, sacrificando a morosidade do rebanho. Ouviu os balidos de descontentamento, resmungou atento aos próprios passos, prendeu a respiração fugindo do mau odor das águas paradas e ao recuperar o ritmo normal da respiração, evidenciando aproximações, notou mais incisivo o cheiro da sua ovelha. Então, esquecido do rebanho, saltou um riacho, embrenhou-se entre arbustos ressecados, saiu na borda de um lodaçal, encharcou as botas encurtando a distância, venceu um capinzal e viu a ovelha placidamente deitada à sombra de um dos espinheiros.

Foi quando o aroma pouco adocicado e até então desconhecido se revelou pleno, absoluto sobre os outros cheiros.

Nascia de uma das raízes dos espinheiros, e o pastor, atônito, olhou para o céu, desviou os olhos para a ovelha e gritou:

— É o cheiro dos milagres.

VI

Jamais alguém conseguiu explicar a origem e os mistérios que cercavam os espinheiros, todos ao sul da aldeia natal do meu avô. Entrelaçados, formavam uma barreira intransponível que se estendia em linha reta entre uma grande pedra de formato estranho e o rio que apenas transbordava na época dos degelos. Independente da estação do ano, os espinheiros estavam sempre viçosos e tanto os seus galhos quanto os espinhos, caso fossem quebrados, regeneravam-se na velocidade dos espantos. Não se reproduziam, todos tinham a mesma altura e quando colhidos sem que fosse ceifada a sua raiz central, desafiando as imparcialidades da natureza, continuavam crescendo na mesma proporção dos demais. Ceifada a raiz, perdiam a vitalidade e secavam em poucas horas. Ao contrário dos espinheiros, mesmo ceifada, a raiz se alongava saudável, mantendo intactas todas as suas qualidades.

— Curativos de todos os males do corpo e da alma — disse o meu avô e me contou que a partir da pedra de formato estranho, na direção contrária ao rio, uma vala estéril e também em linha reta buscava as terras baixas. Era assim como se em algum momento do passado, ainda inexistente a vala, a intricada barreira de espinheiros se alongasse dividindo o mundo em dois. Acabaria sendo dividido outra vez, a aldeia seria fundada nas terras que precediam os espinheiros, talvez os últimos, e para sempre vedado a todos a travessia da vala. Antecipando fatos ou despertando a minha imaginação, o meu avô disse ainda que essa nova divisão do mundo, planejada por um bispo, tornou-se incontestável graças à ajuda involuntária de um padre exorcista. Sorriu e então, retomando a linearidade da sua narrativa, contou que o pastor, logo após definir o aroma pouco adocicado como o cheiro dos milagres, convencido que a raiz o libertaria do estigma ou maldição, avançou sobre um dos espinheiros. Feriu as mãos na tentativa de arrancá-lo do solo, ansioso quebrou com a sola das botas alguns espinhos, puxou o caule sucessivas vezes com toda a sua força de pastor e apenas desistiu ao se certificar que a terra ao redor da planta se mostrava invencível. Ainda sentindo por antecipação as delícias dos amores enfim possíveis, acreditou que a terra úmida seria menos resistente. Então, sem ver que a ovelha predileta caminhava na direção oposta, correu até a margem do rio. Ali, depois de avaliar o espinheiro mais próximo da água, enlameou as botas, perdeu o fôlego na ânsia do movimento repetitivo, feriu outra vez as mãos e desistiu lamentando a falta de um enxadão.

    Foi quando, assim como um chamado, ouviu o balido. Perscrutou os rumos do som e do cheiro único, soube que a ovelha predileta havia atravessado a vala e meneou a cabeça espantando a perplexidade. Lembrou-se do rebanho ainda distante, mas apenas se dividiu entre as dificuldades impostas pelos espinheiros e o chamado da sua ovelha, sempre importante. A decisão foi a prevista, e o pastor, ainda lamentando a falta de um enxadão, venceu os mil cento e setenta dois passos que separavam o rio da pedra de formato estranho, atravessou a vala sem notar a sua configuração harmônica à barreira, mas notou que os espinheiros em ambos os lados da formação se alongavam em busca do rio sem ferir a precisão das retas. Também notou que além da vala o aroma pouco adocicado superava todos os outros cheiros, inclusive o da ovelha que o esperava sem desviar os olhos de um dos espinheiros.

Baliu três vezes ao ouvir os passos do dono, assim como um indicativo se aproximou mais ainda da planta que vigiava, baliu outra vez e, para espanto do pastor, sem grandes esforços o espinheiro indicado pendeu à esquerda se desprendendo do emaranhado de galhos, retomou a sua posição original, buscou a direita sem perder uma única folha e despencou, trazendo à tona a raiz, os seus milagres e consequências.

Entre elas a fundação da aldeia, e o seu fundador, ao longo dos setenta e quatro anos seguintes, foi pai de dezesseis filhos, casou-se três vezes e teve inúmeras amantes. Entre elas, ardorosa e passional, uma noviça que ao se descobrir desprezada jurou a pior das vinganças. A bala antiga, disparada por uma garrucha ancestral, alojando-se na virilha direita do pastor por pouco não invalidou os bons fluxos da raiz. O escândalo não abalou a sua autoridade, mas a rápida cicatrização do ferimento gerou suspeitas, entre elas a existência de acordos entre o fundador da aldeia e entidades sorrateiras.

— Não eram apenas as sábias razões do bispo que mantinham as raízes e as suas magias em segredo — disse o meu avô e então, como sempre me mantendo no colo, contou que o pastor, dois dias depois de ter devorado a raiz com o desespero dos esfomeados, vasculhando as imediações percebeu a harmonia existente entre a intransponível barreira e a vala estéril. Imediatamente supôs que em algum tempo os espinheiros se estendiam em busca das terras baixas. Também supôs possível a existência de outras formações além do alcance da vista. E foi essa possibilidade que o animou a explorar a vala. Chamou a ovelha predileta, afagou as suas costas, mas a companheira incansável, ao vê-lo entrar na vala e enveredar na direção oposta à pedra, meneou a cabeça, baliu e recuou apressada. Embora enérgicos, ignorou os novos chamados e, pouco depois, o pastor ficou certo de que estava sendo seguido. Acreditou que era a ovelha, arrependida, vindo ao seu encalço, sorriu e sem olhar para trás aumentou o ritmo dos passos.

Não foi longe: parou ao perceber que os passos antes às suas costas agora o precediam. Farejou em todas as direções, tranquilizou-se, mas foi quando ouviu sussurros vindos do sul. Imaginou que eram os ventos atribulando a vegetação rasteira, aspirou em busca dos perfumes que sempre os acompanhavam e apenas sentiu os cheiros de roupas antigas. Preocupou-se, e a aflição do arrepio se alojou na base do pescoço no exato momento em que os sussurros, ritmados por um coral de gemidos, soaram como se agora apenas brotassem de dentro da vala. E cresceram, e os esconjuros ensinados pela avó materna se mostraram ineficientes, sombras inquietas o rodearam, assustadoras, e ele então, superando o tremor das pernas e crédulo que as águas correntes afastam os maus espíritos, saiu da vala com a rapidez dos pastores em pânico e correu na direção do rio.

A ovelha o esperava deitada na margem e ele, embora ansiasse ignorá-la, sentou ao seu lado e ali, olhando para as águas, lembrou-se das muitas histórias ouvidas nos abrigos de inverno. Entre elas sempre havia os relatos de encontros com os espíritos que ainda indecisos entre o bem e o mal vagavam pelos cantos mais ermos do mundo. Assustadores, irritavam-se com as intromissões e era quando espalhavam os piores encantos. Essa lembrança enveredou pela sua experiência com os encantos imerecidos, olhou para a conjunção das pernas e o pavor foi tão repentino quanto o seu mergulho nas águas correntes.

Banhou-se à exaustão e depois, calma restabelecida e nu sob o sol, pouco a pouco se reencontrou com o fogo interno que desde a ingestão da raiz intumescia suas veias.

Sorriu refletindo o alívio definitivo e imaginou mulheres nuas o espreitando além do rio, virgens exóticas emergindo das águas e jovens recém-desabrochadas se livrando dos vestidos novos. Imaginou-se colhendo entre seios nus o perfume que até então apenas colhia à distância, acariciou as próprias pernas e se pôs em pé, decidido a ir ao encontro do vilarejo das mulheres febris.

Mas, antes de reunir o rebanho e se pôr a caminho, desconhecendo que os efeitos da raiz eram permanentes, ele temeu a tortura de uma possível recaída. Resmungou irritado com a dificuldade imposta pelos espinheiros à sua frente, apontou a pedra de formato estranho para a ovelha e seguiu os seus passos, convencido de que ela se recusaria a seguir adiante caso os espíritos indecisos rondassem as imediações. Atravessaram a vala o mais próximo possível da pedra, alcançaram a cova aberta pela queda do espinheiro apontado pela ovelha, e o pastor, apesar das cismas, assegurou-se colhendo três raízes.

Foi a ovelha predileta que reuniu o rebanho, e assim como o pastor, ninguém jamais soube se era a água ou o licor preparado no vilarejo febril que incendiava as mulheres e isentava os homens de todas as culpas. Ali, os amores não conheciam restrições e o tempo não era regido pela precisão das horas e sim pela permanência da alegria. Os ventos frios se desviavam, o calor era ameno e as danças, todas exóticas, fizeram o pastor dançar mil vezes os passos que jamais soube.

Em nenhum momento, antes ou depois das danças, se lembrou dos parentes desafortunados, mas na quinta-feira, dia sempre propício para as partilhas, reunindo o rebanho pensou no padre que o havia batizado, e não foi como quem depois dos pecados necessita do perdão, mas como quem depois de conhecer a bem-aventurança necessita dividi-la. Tinha afeto pelo padre e ainda eram vivas na sua memória as tardes em que desencantado com o destino ou humilhado pelos irmãos, refugiava-se na sacristia, sentava próximo do pároco e ali permanecia durante horas. O silêncio mútuo evidenciava que a comunicação entre o futuro pastor e o padre era feita através do sofrimento: aos vinte e cinco anos o religioso já andava amparado pelas muletas, e as dores errantes que nunca o poupavam se espelhavam tanto no seu rosto quanto na severidade dos seus sermões.

  Ele vinha de uma família simples e desde cedo, vocacionado, além de auxiliar todos os ritos religiosos como coroinha, badalava o lamento dos sinos após as missas de corpo presente, afixava os proclamas e organizava as procissões. Depois das aulas, vencidas as lições e caso não houvesse urgências na igreja, corria para o asilo e, ajoelhado durante horas, lia o livro de todos os versículos para os idosos. À noite, ajoelhado ao lado da cama, rezava um rosário completo, uma imensidão de orações avulsas e lia com a compreensão dos crédulos os salmos principais. Acordava cedo e, também ajoelhado, repetia as orações feitas antes de dormir.

  Talvez tenha sido a quantidade de horas que passou ajoelhado a causa das suas artrites precoces, tão progressivas e impiedosas que veio o dia em que a silenciosa divisão de sofrimentos passou a ser quebrada pelos martirizantes ruídos da cadeira de rodas. Nessa época, agora espelhando a progressão das dores, o olhar do pároco silenciava as crianças, levava os crédulos às penitências voluntárias e duplicava as que tinham sido impostas pelos padres confessores. Até o cardeal ele saudava sem sorrir, e meses mais tarde, já usando as meias vermelhas dos cônegos, foi recolhido pela cúria.

Tornou-se bispo assim que concluiu o seu minucioso estudo sobre os santos homônimos e, ao assumir o episcopado, além de confinar no mais severo dos seminários um padre exorcista, descontentou os subordinados limitando as visitas aos conventos. Também fez os padres auxiliares descobrirem o valor do silêncio, e o silêncio perdurou no episcopado até a manhã em que o bispo recebeu a visita do pastor. Sem formalidades, cumprimentos efusivos ou referências sobre o passado, o religioso gemeu as suas dores ao estender o braço para pegar a raiz, olhou para o presente com descrença, mas a jovialidade do benfeitor, também a sua insistência e principalmente a angústia das dores, transformaram a descrença em um ato de fé. Então, mastigando a raiz com parcimônia e atento às narrativas do pastor, o bispo soube da fuga da ovelha, acompanhou a difícil travessia das terras assoladas pelos ventos, redemoinhos e tempestades cataclísmicas, sofreu com as dificuldades impostas pelos primeiros espinheiros e imaginou infinita a extensão da vala. Ainda sério, acompanhou a dança da planta indicada pela ovelha, mas ao ouvir o relato sobre o encontro com os espíritos indecisos, lembrou-se do padre exorcista que havia confinado. Foi quando, olhando de soslaio para o pastor, comparou a sua expressão com as expressões do padre confinado, e foi inevitável: explosiva, a sua gargalhada reverberou pelos nichos das santas, fez tremular as chamas das velas votivas, invadiu os corredores do episcopado, ultrapassou as janelas e contagiou o monge beneditino que orava na capela.

VII

O bispo atribuiu a sua cura a um milagre do santo cultuado pelo cardeal. Dedicou a ambos três missas e orou três terços em três conventos escolhidos através de critérios pouco ortodoxos. Fé intensa, ampliou as orações em outros conventos e se descobriu acordando feliz, pronto para os mistérios do seu ofício. Às vezes se surpreendia rindo e ria mais ainda durante as visitas do pastor. Elas, assim como eram nos tempos do silêncio, tornaram-se diárias e o religioso, olhos iluminados, dividia agora com o benfeitor a alegria simples de quem se apoia no próprio pé. Trocavam confidências, segredos que se escondem na fidelidade dos amigos, mas também conversavam, e muito, sobre os espinheiros.

Era quando o religioso, alegando as imprevidências dos homens, insistia que a descoberta tinha que ser mantida em segredo. "São capazes de acreditar que as raízes engordarão mais rapidamente os porcos", disse, expressão séria, na manhã de uma terça-feira, dia sempre propício para as afirmações que aguçam os fantasmas íntimos.

— Ambos eram assombrados pelo risco das recaídas — disse o meu avô e me contou que a afirmação do bispo desencadeou um dilúvio de aflições na imaginação do pastor. Foi quando as suspeitas até então adormecidas pelos embalos dos prazeres enfim possíveis se tornaram pesadelos, e o pior deles fez da vala o temeroso símbolo dos extermínios progressivos e sem explicações. Lembrou-se da pedra de formato estranho, desejou que ela fosse um marco impossível de ser ultrapassado, mas, ao pensar que talvez ela fosse o limite de uma reserva aguardando as colheitas estratégicas de algum descobridor que o havia precedido, além de fechar os punhos assim como se pudesse esmurrar a imaginação, sucumbiu sob o peso das nuvens escuras que sombrearam a sua expressão.

O desabafo veio sofrido, e o bispo, após um longo silêncio, trancou-se no seu quarto e ali, avaliando a pior das suspeitas que ouvira, concluiu que se houvesse sido ele o descobridor precedente também preservaria espinheiros para as eventuais emergências. Depois, pensando na extensão da vala, acreditou que os saques ao tesouro natural eram frequentes e extensos.

Foi quando se confrontou com as mesmas nuvens escuras que haviam sombreado a expressão do pastor. Olhou para as suas pernas agora saudáveis e ágeis ao encontro dos conventos, pensou nas delícias do mundo e se pôs em pé. Sem apressar os passos rodeou três vezes o quarto, três vezes parou por alguns instantes em cada um dos quatro cantos do quarto e então, desvencilhando-se de soluções mais duvidosas, enveredou pela inevitabilidade de manter os espinheiros restantes sob a mais severa vigilância.

E vieram dois novos problemas; o primeiro deles, evidenciando a gratidão do bispo, deixou clara a sua incapacidade de exigir do amigo e benfeitor o seu retorno à solidão. Mas o segundo problema o aturdiu mais ainda: convicto de que exposta a descoberta imediatamente os espinheiros seriam assaltados por uma horda incontrolável, perguntou-se como seria possível uma vigilância discreta sem o pastor. O peso da pergunta o obrigou a sentar-se, olhou para o livro de todos os versículos sobre a escrivaninha e em busca de inspiração o folheou lendo trechos aleatórios. Sentindo-se abandonado, buscou subsídios na diversidade dos pecados ouvidos nos confessionários e se viu penitenciando mentiras, necessárias e imprudentes, desejos apenas confessáveis aos padres, realizados em camas alheias, engodos desonestos nas contas e dezenas de outras pequenas desobediências aos ensinamentos.

No início da noite o insucesso mostrou-se definitivo, e foi quando o bispo, ao acender as velas, deparou-se com a galeria de gravuras que adornava o quarto. Entre elas, severa, a figura do santo que havia atravessado as distâncias difundindo a fé, e o religioso sorriu, e dois dias depois mandou chamar o pastor. Ao vê-lo notou que as nuvens escuras ainda sombreavam a sua expressão, evitou o sorriso apontando a cadeira estofada à sua frente, ouviu o rangido das molas sendo pressionadas e então, olhando nos olhos do amigo, disse, incisivo: "Você vai fundar uma aldeia". E o pastor, temendo que a raiz também provocasse os delírios temporários ou, pior, os desvarios definitivos, fechou mais ainda a expressão.

Vencidas as aflições e embora insistente, não obteve respostas para as suas perguntas. Saiu da sala, desgastado, e fugiu na direção do bordel, irremediavelmente decidido a colher os bons fluxos da raiz antes que os desvarios também o alcançassem. E o bispo, indiferente aos rumos do amigo, comoveu o cardeal com a sua demonstração de fé no santo cultuado pelo superior. Comoveu-o mais ainda ao solicitar permissão e ajuda para cumprir a promessa que havia feito ao santo, uma promessa que além da gratidão pelo milagre da sua cura, seria alicerçada na construção de um templo, ali, bem ali onde os homens necessitavam de um milagre até para regar a terra e de outro, maior ainda, para sustar as tempestades.

Foi abençoado, reverenciou o cardeal e, diligente, ao se reunir com todos os padres sob a tutela do episcopado, abriu os braços assim como se exemplificasse o tamanho da igreja que pretendia construir. Abriu mais ainda os braços ao afirmar que eram eles, os padres confessores, os únicos que podiam decifrar os enigmas da alma humana, detectar as culpas que as afligiam e indicar os caminhos da redenção.

E as redenções ultrapassaram as expectativas do bispo. Cinquenta e oito carroções abarrotados com doações se reuniram na frente do episcopado. Pequenas carroças com ferramentas agrícolas, bois e animais de carga, adquiridos com o resultado das rifas e quermesses fora de época, atravancaram o pátio interno, frontal à capela. A praça, próxima e ampla, acolheu o esforço do cardeal, e foram muitos os grandes agricultores que enviaram parte das suas colheitas em pequenas caravanas lideradas pelos filhos bastardos.

No final de maio, encerrado o mutirão redentor, o pastor ainda tinha perguntas sem respostas, e veio junho e foi quando, movidas pela fé, famílias inteiras se agregaram às doações. Também vieram os lavradores atraídos pela terra farta, mulheres que pretendiam se esquecer do passado e outras que se imaginavam felizes no futuro. Vieram traídos e aventureiros, jovens fugindo das implicâncias paternas, quatro freiras, oito noviças e um casal, sem bagagem e vestindo roupas gastas. A mulher se dizia benzedeira e a pele esverdeada do homem fazia lembrar o musgo acumulado ao longo do tempo, mas, contraditório, o seu olhar longínquo o mostrava além do presente.

E, respondendo a última pergunta do pastor, veio o padre exorcista, trazendo cinco livros de capa preta e o longo histórico de embaraços causados pela sua discutível capacidade de detectar maus espíritos nos lugares menos prováveis. Já havia inundado de água benta um rigoroso pensionato feminino, dois albergues para viajantes solitários, exigido o fechamento de um teatro de variedades, sido expulso de dois prostíbulos e de um convento. Provocou repercussões ao sugerir exorcismos para dois importantes membros do governo e, incansável, apressou o seu confinamento ao invadir a cúria para exorcizar alguns superiores da própria ordem eclesiástica. Jurou que não era o bispo e sim as entidades que o rodeavam as mentoras do seu confinamento, e no seminário, depois de ter sido expulso do refeitório e proibido de participar dos ritos coletivos, foi enclausurado em uma pequena sala sem janelas e com a porta trancada por fora.

 Próximas ao teto, três pequenas aberturas retangulares arejavam a sala entulhada com duas estantes medievais extravasando livros sacros, uma escrivaninha que dançava ao ritmo da pena, uma cadeira de espaldar alto, a cama coberta pelo colchão típico dos penitentes e um injurioso urinol. Retirá-lo e devolvê-lo limpo era a penitência mais temida pelos seminaristas. Muitas vezes adiavam tanto a tarefa que o urinol acabava esquecido. Era quando as aberturas próximas do teto se mostravam insuficientes, mas, para o padre exorcista, o pior dos seus pesares era a falta de ocupação. Mil vezes implorou por algum trabalho, mil vezes amargurou as negativas e então, amainando a lenta passagem do tempo, mil vezes perambulou pelos estreitos limites da sala contando os seus passos e os multiplicando por um número aleatório em busca de um resultado de espantos. Veio o dia em que insatisfeito com as repetições passou a contar os passos que ecoavam pelos corredores e depois de somá-los aos seus, multiplicava a soma pelo número de passos que havia somado no dia anterior.

No início da quaresma perdeu a conta, pensou em reiniciá-la, mas antes, revirando as cinco gavetas da escrivaninha, encontrou em cada uma delas um grosso livro de capa preta, todos ainda virgens e destinados para anotações. Abriu um deles, escolheu a melhor das suas penas e, fiel às letras dos padres copistas, durante meses escreveu toda a sua história de lutas contra os maus espíritos que atormentam os homens, tumultuam os ambientes e inspiram traições. Encerrou a narrativa com as citações de alguns estudiosos sobre o valor da fé na prática dos exorcismos. Também enumerou os martírios dos confinamentos involuntários e depois se ocupou anotando tudo o que via na sala, incluindo móveis, velas votivas, breviários e a quantidade de livros que havia em cada estante. Anotou as medidas e o número de trincas da parede e, classificadas por tamanho e variação de cores, registrou o número de pedras do piso e das tábuas do forro.

Ao abrir o segundo dos cinco livros de capa preta já havia decidido anotar as medidas das três aberturas retangulares que arejavam a sala. Empilhou três livros eclesiásticos sobre a cadeira de espaldar alto, subiu sobre eles e esticou os braços, descobrindo a altura insuficiente. Aumentou a pilha com mais dois livros, ouviu os joelhos estalarem ao descer da cadeira, pegou do chão a régua que tinha deixado cair, colocou mais sete livros sobre os cinco anteriores, venceu a dificuldade da subida e, surpreso, descobriu que os seus olhos estavam na mesma altura do pequeno retângulo vazado. Viu o voo rasante de uma ave, o chafariz que jamais era ligado e as estátuas que espiavam os padres caminhando pelo pátio interno do seminário. Dois deles travavam uma animada discussão sobre algum preceito canônico. Gesticulavam enfatizando as palavras, e o exorcista, equilibrando-se sobre os livros, quis descobrir através dos gestos dos padres o preceito que era discutido. A frustração do insucesso não o desanimou. Disciplinado e se dividindo entre bisbilhotices e anotações, estudou a interferência do sorriso na forma de expressar as palavras, também os movimentos mais contidos dos lábios ao longo da difusão de segredos e, mais ainda, os movimentos honestos quando os assuntos eram corriqueiros. Sentiu-se feliz ao descobrir que havia se apropriado de todos os mistérios da leitura labial, e soube de intrigas, vasculhou intimidades, conheceu desafetos, mas todo o seu interesse se resumia em comparar as palavras que lia nos lábios dos clérigos com os gestos que as acompanhavam. Meses depois, aperfeiçoando os seus estudos, além de anotar tudo o que lia, passou a desenhar os gestos correspondentes às palavras, descobrindo que a nacionalidade e a paixão envolvidas nas discussões interferiam na gesticulação. Reiniciou os estudos agregando a interação dos gestos entre os interlocutores. Estudou, ainda, a amplitude dos gestos nas interrogações, as posturas das mãos nas negativas, o movimento dos ombros ao longo dos assuntos indesejados e se julgava próximo de ler através dos gestos o que estava sendo dito quando o emissário do bispo o levou ao encontro do superior.

    Jamais podia supor que a fama que o precedia era o trunfo do bispo para manter invioláveis tanto os espinheiros quanto a vala, e então, nomeado líder espiritual da caravana e primeiro pároco da aldeia a ser fundada, soube que nem sempre o certo é escrito através de linhas tortas. Havia nos caminhos da sua fé uma reta repleta de espinheiros e eles, alimentados por bênçãos diárias e permanecendo intocados, resgatariam os mistérios da coroa dos martírios fazendo dos seus espinhos a muralha que impediria o avanço das trevas e das entidades soturnas.

O bispo fechou a expressão ao qualificar as entidades e se calou avaliando a reação do padre. Percebeu o exorcista renascendo e, sustando a gestação, pôs-se em pé e afirmou que era vedada a todos a travessia da vala além da pedra, também uma reta e desde sempre vigiada pelos espíritos indecisos. A desobediência de qualquer aldeão, fosse ele quem fosse, seria punida com a expulsão.

E o padre soube tanto pelos gestos quanto pela voz autoritária do bispo que a sua desobediência o traria de volta aos martírios do confinamento.

VIII

A caravana da fé, assim nominada pelo bispo, ou a caravana da fundação como a chamava o pastor, pôs-se a caminho na fria manhã de uma terça-feira. Bandeiras com a imagem do santo, enfeitando os carroções, desafiavam o vento, a esperança de tão visível quase se materializava, replicavam os sinos e também as preces que espantavam os perigos do caminho.

Na véspera, crentes que apenas grandes estranhezas justificavam a presença do exorcista, um casal e os seus três filhos, dois lavradores e uma idosa haviam desistido da viagem.

— Cochichos acrescentavam proezas à história do padre — disse o meu avô e me contou que indiferente aos cochichos e deserções, o exorcista, sempre incansável e meticuloso, anotou no terceiro dos seus cinco livros de capa preta o número de carroções prontos para a partida, dividindo-os por tamanho e especificando as doações que os abarrotavam. Quantificou tanto os homens quanto as mulheres por faixa etária, também os distinguiu pelo estado civil e a inquietude dos animais de carga não impediu a correção da sua contagem.

Setenta e quatro anos mais tarde, encontrados os cinco livros, os seus leitores também souberam a quantidade de crianças que acompanhavam os pais, qual havia sido a emocionada oração feita pelo bispo no momento da partida e a insatisfação do padre ao descobrir que as quatro freiras e as oito noviças, ao lado de uma ovelha pagã, viajariam no carroção do pastor.

Incidentes sem consequências, desavenças comuns, distância percorrida e críticas à severidade do pastor preencheram as páginas seguintes. Mas nem mesmo o padre, sempre alerta, soube dizer em que momento o exuberante carroção azul, puxado por oito bois brancos, incorporou-se à caravana. O seu condutor era um homem alto, loiro, tinha os olhos azuis e os cabelos cacheados. Mestre marceneiro e entalhador respeitado, assumira o desafio de entalhar não só o novo altar como também os oratórios e confessionários da igreja matriz de uma cidade portuária.

Vinha acompanhado pela mulher e as três filhas adolescentes, herdeiras das características físicas do pai e aferradas ao compromisso paterno de retornar para as terras altas o mais rápido possível. A mulher, também contrariada com a viagem, havia elaborado o difícil roteiro a ser seguido baseada apenas em um mapa escolar da filha mais velha. Coincidência ou não e ignorando as nuvens escuras, puseram-se a caminho no mesmo dia da partida da caravana. Não choveu e no dia seguinte, obedientes ao mapa, venceram sem sustos as grandes encostas e enveredaram pelas terras intermediárias. Na sexta-feira, depois de margearem o lago desenhado em azul no roteiro, alcançaram a primeira bifurcação. Seguiram à esquerda e o marceneiro, isolando-se do mau humor das filhas, consultou as distâncias anotadas pela mulher, avaliou a velocidade dos bois, também o tempo gasto nas paradas obrigatórias e presumiu que alcançariam a segunda bifurcação ao entardecer da quarta-feira.

Parabenizou-se pela precisão do cálculo, não foi festejado pelas filhas, ignorou o sorriso irônico da mulher, mais uma vez seguiu à esquerda e na escaldante tarde do dia seguinte, sem ânimo para festejos, ficou certo que havia encontrado a trilha carroçável que após uma sucessão de curvas, todas à direita, desembocava nas proximidades da cidade portuária. Mas, sem ser prevista pelo mapa, a trilha também se bifurcou. Irritado com a mulher e contrariando a sua opinião que não levava em conta a sucessão de curvas à direita, o marceneiro ignorou a trilha marcada por rastros recentes.

Dois dias depois se deparou no meio do nada, foi festejado pelas filhas, e a mulher, sem desviar os olhos do mapa e convencida que desembocariam além da bifurcação não prevista pelo mapa, sugeriu que o retorno fosse feito seguindo uma perpendicular à direita em relação à trilha que os havia levado ao nada. Demorou quatro dias para se considerarem perdidos e foi quando a filha mais velha, apoiada pela mãe e pelas irmãs, afirmou que à esquerda e em linha reta alcançariam a trilha que tinha servido de base para a perpendicular. Dois areais e um charco intransponível exigiram contornos, um deles na direção do poente e então, unânimes, decidiram reencontrar a rota preestabelecida dando as costas para o sol. Nada mais os deteve, e veio a tarde em que avistaram a longa fila de carroções rumando para o sul. A filha mais velha, exultante, disse que eram imigrantes a caminho do porto, a mulher agradeceu aos céus e o marido, aproveitando-se do distanciamento entre dois carroções, interpôs o seu.

— Não há como impedir os maremotos, contradizer argumentos estúpidos e apagar certos escritos — disse o meu avô e me contou que na manhã do domingo o marceneiro se viu às voltas com um pressentimento sem definição. Viajou metade do dia remoendo dificuldades e uma delas se tornou real quando o mais dócil dos seus bois empacou. Incapaz de açoitar os animais e já irritado, saltou do carroção sem ver o burro de carga, tão próximo que ambos se assustaram. O coice foi imediato e o marceneiro, desacordado, caiu entre as rodas do carroção.

O grito da mulher espantou as aves, reverberou nas aflições comuns a todos e interrompeu o discreto aconchego entre o pastor e a noviça hábil nos manejos do amor e no uso da garrucha. Resmungando, olhou para a ovelha predileta assim como quem transfere a liderança, ela desviou os olhos e ambos se apressaram quando aos gritos da mãe somaram-se os gritos das três filhas. O mundo então se tornou um desarmônico coral de lamentos, aturdido o padre se ajoelhou ao lado do marceneiro, benzeu-se e enquanto se decidia entre as orações dos exorcismos ou as preces comuns, o pastor farejava as imediações em busca das plantas ativas contra os desmaios prolongados. Detectou o cheiro das ervas eficazes no combate das enxaquecas renitentes e o inconfundível aroma das folhas amargas, alívio seguro para as irritações cutâneas.

 O insucesso da procura se espelhou nas filhas, também na mulher, e os gritos se tornaram mais estridentes. No início da noite, além de menos espaçados, assim como um eco de infortúnios perderam o conjunto e passaram a soar intercalando estridências. Foi quando a ovelha, pagã na concepção do exorcista, integrou-se ao coral exasperante balindo entre os gritos da filha mais velha e os da mulher do marceneiro. O pastor a olhou com reprovação, viu no olhar da companheira o reflexo do seu e ali, sem se iludir, soube que era reprovado e que sempre seria caso não salvasse o marceneiro.

 Ainda tinha uma das três raízes que temendo recaídas havia colhido às pressas. Espremeu ao encontro do corpo o embornal, guardião do seu tesouro, refletindo o assustador receio do seu retorno aos tempos antigos. Desviou os olhos da ovelha e se afastou, refugiando-se na promessa feita ao bispo em manter as raízes sob a proteção dos segredos. Mas os balidos o acompanharam, duplicaram-se em ecos, soturnos, assim como a escuridão do acampamento. As fogueiras não haviam sido acesas e crianças choravam assim como se já não bastasse o suplício dos gritos. E dos balidos, e a irritação elevou o tom das vozes, gritos exigindo silêncio soaram incoerentes e o pastor viu a mãe recente, embalando o filho, seios tão à mostra quanto repentinamente secos. Viu a aflição das freiras, ausente a concentração necessária para o bom andamento das preces e soube que uma parelha de bois tinha destroçado um carroção. Também soube que uma mulher, sem ser questionada, enlouquecida havia confessado as suas traições.

— Muitas — disse o meu avô e me contou que o pastor, sentindo frágil o refúgio baseado na promessa feita ao bispo, buscou a companhia da noviça, descobrindo na sua expressão todas as negativas. Afastou-se resmungando insolências, maldisse a ovelha, também o bispo, e já era meia-noite quando ele, cansado de rodopiar em torno dos gritos e definitivamente exasperado com os balidos, depois de maldizer os irmãos que o haviam precedido na ordem de nascimento, o bispo e a si mesmo, cedeu à impossibilidade de uma solução sem a partilha da raiz. Sentou-se em uma pedra, embornal no colo, apalpou-o em busca da raiz, sentiu as bordas do seu prato de alpaca e foi quando, sentindo-se iluminado, buscou a discrição entre um aglomerado de árvores. Ali, apressado, cortou a raiz em pequenos pedaços e os espremeu com o seu garfo também de alpaca até ver surgir no prato a oleosa essência que buscava. Comeu a massa formada pelas fibras, lambeu parte da essência, pensou na noviça, voltou afirmando que enfim havia encontrado uma boa erva e pediu à mulher do marceneiro que fizesse o marido engolir o que restava da essência.

Assim foi feito e o silêncio então se fez, mas durou até o início da manhã do dia seguinte. Foi quando, espantando as filhas que jamais tinham ouvido o pai cantar, o marceneiro entoou todas as árias compostas no leste. Esgotado o repertório, reiniciou a audição cantando operetas singelas, avançou para as mais complexas e logo após o meio-dia, voz de barítono, mão de regente e espalhando irritações, passou a cantar as óperas menos conhecidas.

IX

Os escândalos das duas filhas mais jovens, lideradas pela mãe, foi além do esperado quando o marceneiro revelou a sua intenção de seguir com a caravana. Juraram suicídio, isolamento, recusa da paternidade e esbravejaram um novo escândalo assim que a filha mais velha apoiou a decisão do pai.

Apoio oblíquo quanto à intenção. Sem alardes, ela se fazia festiva toda vez que via o jovem tímido, filho bastardo de um grande proprietário de terras. Responsável pelas doações paternas, ele viajava acompanhado da mãe, uma mulher simples, ainda jovem e com um sorriso tão luminoso que assombrava os lampiões. Os seus seios tinham o tamanho das peras temporãs, as suas ancas dançavam aleluias e as pernas, esguias e firmes, sugeriam os bons acolhimentos. Haveriam de acolher o pastor, e foi a apaixonada relação entre ambos a inspiração para o destempero da noviça, felizmente imprecisa na pontaria.

Mas antes, ainda a caminho da futura aldeia, as discussões entre o marceneiro e a mulher, aparteados pelas filhas, alongaram-se por três dias e três noites. Todos os assuntos mal resolvidos vieram à tona, continuaram sem solução e as discussões apenas tiveram fim quando o marido e pai, logo após impor em definitivo a sua vontade, alheou-se do matraquear incessante cantando operetas. A mulher também impôs a sua vontade e, indiferente aos apelos, pragas, ameaças e desaforos, manteve o marceneiro distante da sua cama durante dois anos e oito meses. Foi vencida quando o marido, resoluto e incansável, enfurnou-se no cômodo ao lado do quarto da mulher e durante doze noites consecutivas cantou as árias repletas de sustenidos.

Em setembro, uma semana antes do casamento da filha mais velha com o jovem tímido, nasceu a quarta filha do marceneiro, herdeira de todas as características físicas do pai.

— Feliz ou infelizmente ela seria a bisavó da minha mãe — disse o meu avô e então, mais uma vez reordenando a narrativa, contou que no quadragésimo segundo dia da viagem, uma sexta-feira, a caravana enfrentou a primeira tempestade cataclísmica. Os ventos, assustadores, arrancaram a cobertura de alguns carroções, sementes e objetos de uso comum foram perdidos, todas as bandeirinhas com a imagem do santo desapareceram e o exorcista, sempre atento às estranhezas, notou que o vendaval não havia arrancado uma só das plantas parasitas que infestavam as árvores. Também registrou no terceiro dos seus cinco livros de capa preta que os atoleiros, finda a tempestade, multiplicaram-se exigindo mutirões para desatolar bois e carroções.

Além dos objetos de uso comum e das sementes, animais também desapareceram, mas o único desaparecimento sem explicações aconteceu durante a quarta tempestade, a mais avassaladora que o padre havia visto. Era meio-dia, os bois atrelados aos carroções se alongavam no esforço de vencer o areal e poucas nuvens sombreavam o céu. O vento era brando e seco, havia paz e sonolência, e ambas foram rompidas pelo trovão repentino. Outros o sucederam numa frequência alarmante, cresceu a fúria dos ventos e desabou o dilúvio que inspirou desatinos, arrependimentos e orações sinceras. Vieram os granizos, branquearam o mundo e assim que eles, derretidos, seguiram o rumo das enxurradas, um homem de pele escura e olhos claros vasculhou parte da caravana à procura do pastor. Ao vê-lo, tirou o chapéu e depois de gaguejar as primeiras palavras, embora ainda constrangido, comunicou o desaparecimento de um homem que viajava no seu carroção. Questionado, superou de vez a gagueira dizendo que o desaparecido, acompanhado de uma mulher que se dizia benzedeira, ambos sem malas, baús ou trouxas, tinha sido o último a embarcar. Durante a viagem, mantendo-se em silêncio e de olhos fechados, apenas se moveu sob os efeitos dos solavancos do carroção. A mulher parecia ignorá-lo, mas, momentos antes da tempestade, assim como se fosse ouvir segredos, aproximou o rosto dos lábios ainda imóveis. Moveram-se compassados, serenos, até explodir o primeiro trovão. Vieram os ventos e os granizos, as mães abraçaram os filhos, os pais se esconderam no próprio medo e, entre os escândalos de dois trovões, o desconhecido simplesmente desapareceu.

— Sem deixar rastros ou vestígios — disse o meu avô e contou que o pastor, vendo inúteis as buscas pelas imediações, pensou que talvez encontrasse cheiros delatores no carroção do desaparecido. Foi quando, surpreendendo-se com a naturalidade da mulher, soube que o seu marido, além de conhecer os sete grandes segredos do passado, era capaz de prever o futuro. E havia previsto que após o seu desaparecimento, sem novos incidentes e seguindo o curso previsto, a caravana alcançaria o seu destino. Tanto as primeiras casas quanto a igreja seriam construídas na velocidade de muitas mãos, e a aldeia, sempre envolta por um segredo que apenas seria revelado no tempo certo, enfrentaria secas escaldantes e chuvas intermitentes que trariam o bolor. Ele haveria de se espalhar provocando coceiras exasperantes e constipações intermináveis. Redemoinhos diários e escuridões repentinas trariam novos tormentos, e todo ano, logo após o degelo, os ventos vindos do norte espalhariam sobre a aldeia um pó negro, pouco solúvel e prejudicial às lavouras. O tempo traria inimizades irreconciliáveis e, fiel às predições do marido, a mulher disse que estava escrito que a aldeia não sobreviveria caso algum dos seus primeiros habitantes ou um dos seus descendentes a abandonasse.

    Era assim como se o destino de todos fosse um permanente confronto com as estranhezas, e o primeiro desses confrontos aconteceu na última sexta-feira de agosto. Ao amanhecer, exceto pelo silêncio das aves, nada fazia supor que aquele não seria um dia comum. Os homens já se dividiam entre as construções e as lavouras, algumas mulheres varriam a casa, expulsando o pó acumulado pelos redemoinhos da véspera, e além, no horizonte, o sol emitia os primeiros sinais da sua vitalidade. Abriu-se por inteiro, mas, um pouco antes do meio-dia, o céu se cobriu com os cinzas dos maus agouros, vieram os ventos e abateu-se sobre a aldeia uma escuridão tão densa que a luz das velas não se expandia. O tato se perdeu nos espaços vazios, os rumos se desnortearam e a escuridão, ao se esvair catorze horas depois, deixou em todos a alarmante sensação de ter ocorrido um infortúnio sem que ainda houvesse sido divulgado. Aldeãs ganharam as ruas em busca dos filhos ou maridos, outras correram ao se descobrirem a sós com maridos alheios, e o exorcista, exibindo o maior dos seus crucifixos, borrifou água benta em todos os cantos que julgou suspeitos.

    Cismas e temores se avolumaram, foram discutidas e a insatisfação de algumas mulheres se tornou visível. Foi quando o pastor, temendo que a escuridão se repetisse e provocasse deserções, pediu ao santo cultuado pelo cardeal que desviasse os ventos do norte e desse aos homens a alegria das boas colheitas. Elas vieram, mas também vieram os tempos dos degelos e o rio, até então sereno, ultrapassou as margens arrancando árvores, revolvendo escombros antigos e alagando as plantações ribeirinhas.

Os estrondos da água invocavam os sustos, e o pastor, além de se reencontrar com as ameaças das deserções, temeu pelos espinheiros próximos do rio. Recorreu ao santo, também aos vinte e sete santos festejados no seu vilarejo natal, irritou-se com as aflições de uma das suas amantes e com a tranquilidade da ovelha. Blasfemou e, evitando companhias, correu até as proximidades do rio e se surpreendeu: as águas e os rescaldos, ferindo os princípios da lógica, pouco antes de se chocarem com os espinheiros desviavam à esquerda, alagando parte da planície que precedia as terras altas. Vieram os alívios, também as consequências: o pântano que se formou além da margem rapidamente se cobriu com uma floração multicolorida, linda de ser vista, mas que expelia sobre a aldeia o mau cheiro típico das comidas rançosas.

E o jejum se estabeleceu, salvo para as grandes aves migratórias. Atraídas pelo cheiro chegaram aos bandos, alimentaram-se no pântano e depois, esvoaçando sobre a aldeia, deixaram os pegajosos vestígios da sua passagem. Os cheiros se misturaram e mais ainda quando os destrambelhados redemoinhos vindos do norte, assimilando os vestígios, deixaram um rastro de catástrofe.

"Isto é uma desgraça", gritou a mulher do marceneiro e o seu grito se transformou em um coral harmônico vazando de porta em porta e através das janelas. Alcançou algumas camas suprimindo os desejos, em outras atravessou a noite em forma de ladainhas ou lamúrias, repetiu-se mil vezes para o cabo das vassouras e foi quando o pastor, mais uma vez se lembrando das predições do desaparecido, afastou-se da aldeia e pela primeira vez olhou com olhares demorados para as paisagens que o rodeavam. Viu as florações prenunciando novas colheitas e a colina viva e serena sob o sol. Viu os horizontes delimitando a virgindade de um mundo em formação e as aves costumeiras, todas de bom canto, esvoaçando livres em um céu que outra vez a elas pertencia. Olhou para as árvores, desde sempre enfrentando os ventos e dando frutos sobre os pés imóveis. E sorriu, sentindo que ali, independente dos espinheiros e apesar das estranhezas, era a sua terra, o seu esteio fincado, permanente. Solitário que fosse, mas era o seu mundo e, determinado, reuniu todos os homens e, exceto a predição sobre o segredo que apenas seria revelado no momento certo, tornou conhecidas as predições do desaparecido. Não alterou a voz nem mesmo ao citar a única possibilidade de frustrar a sobrevivência da aldeia, e assim que concluiu o relato, ainda sem alterar o tom de voz, disse que enfim iniciaria a construção da sua casa. Apontou onde seria e na manhã seguinte, mutirão sem líderes, todos os aldeões escavavam os alicerces da futura casa. Entre eles estavam os homens que já haviam enfrentado secas, chuvas intermitentes e injustas partilhas da colheita. Estavam os homens bons que no passado, aconselhados pela fome, haviam atravessado os limites. Outros vinham dos difíceis tempos da desesperança, mas ali, naquele último canto do fim do mundo, todos sorriam, inclusive os solitários que agora emprestavam as mãos.

X

Após o segundo degelo, apesar do iminente retorno das aves migratórias, ainda se discutia na aldeia, além das previsões, vida e obra do desaparecido, o seu comportamento sexual. Entre as aldeãs era aceita a hipótese que a benzedeira, sabendo que o sexo esgotaria o dom do marido, não havia conhecido as prazerosas dores da primeira vez. Alguns aldeões partilhavam a opinião das mulheres, outros divergiam afirmando que eram as boas práticas que energizavam o seu dom, e havia os defensores de hipóteses menos ortodoxas. Jamais alguém soube a verdade, mas todos se surpreenderam quando a benzedeira, sempre discreta e distante dos homens, desinibida e feliz expôs a sua gravidez. Negou-se a revelar quem era o pai, sorriu ao ser questionada se o desaparecido era dado a aparições fortuitas e sorriu mais ainda ao descobrir que as suas janelas haviam se tornado alvo de vigilâncias noturnas.

Em maio, mês sempre propício para os bons partos, a benzedeira trouxe ao mundo os encantos de uma menina. Ela nasceu sorrindo, frustrou os aldeões ao crescer sem revelar semelhanças, alcançou a puberdade e então, obediente aos desígnios, tornou-se a quinta mulher do pastor, dando-lhe quatro filhos homens e fisicamente idênticos ao pai.

— O mais jovem entre esses quatro filhos foi o pai do meu pai e jamais me reconheceu como neto — disse o meu avô e, como sempre reordenando a narrativa, contou que a casa do pastor, singela como as demais, ficou pronta dias antes de se iniciarem as colheitas. O mutirão mudou os rumos, a safra generosa teve uma partilha justa, preparou-se a terra para novos plantios e o pastor marcou a data do primeiro dos seus cinco casamentos. A noiva tinha as ancas largas das boas parideiras, o seu sorriso era envergonhado, escondia os olhos e poupava palavras nos diálogos. Sem jamais ter contestado uma ordem paterna, aceitou a escolha do noivo com a naturalidade de quem desconhece os sonhos.

Ponto a ponto, sem espetar os dedos ou evocar a imaginação, costurou o seu vestido de noiva. Horas antes do casamento colheu as flores das laranjeiras e evitando se envolver com o temor ou o prazer da perda iminente, preparou a coroa das virgens. Vestiu-se sozinha, cheirou as flores e, acompanhada pelos pais, foi para a igreja. O barro, deixado pelas chuvas da véspera, marcou o seu trajeto, também o da ovelha predileta, seguindo cabisbaixa na direção contrária. As fortes chuvas da noite, além de interromper as danças, desfizeram a trilha e o pastor, pouco a pouco compreendendo que a velha companheira não queria ser encontrada, mil vezes farejou as direções sentindo apenas os cheiros que havia colhido no altar.

Mas haveria de mantê-la viva nas suas lembranças pelo resto da vida e havia noites em que ele, insone ou despertando repentinamente, jurava ter ouvido os seus balidos. Interpretava-os assim como fazia nos distantes tempos dos pastoreios, e ao percebê-los nos tons dos alertas, preparava os aldeões para os transtornos incomuns. Distinguia os balidos das reprovações daqueles que soavam encantados com os avanços da aldeia, também distinguia os descontentes dos alvissareiros, e foram os relatos matinais do pastor que deram à ovelha a importância que até então era dada apenas ao santo.

Nessa época, mãos trêmulas e enxergando mal, o exorcista limitava os seus registros aos casamentos e batizados que realizava. Ainda meticuloso, deixava abaixo do registro de cada casamento um bom espaço em branco para anotar o batizado de cada filho do novo casal. Intuitivo ou previdente, foi generoso ao deixar o espaço para as anotações do crescimento da família do pastor, mas do seu primeiro casamento nasceram apenas três filhos, homens e fisicamente idênticos ao pai.

Balbuciaram o nome da aldeia antes de aprenderem o próprio nome, e assim que o mais velho entre os três pôde com o peso da enxada, o padre exorcista esqueceu que havia guardado os cinco livros de capa preta na única gaveta do único armário da sacristia. No domingo, interrompendo o sermão, acusou a boa aldeã que cuidava tanto da igreja quanto da casa paroquial de ter escondido os seus livros. Pouco depois a excluiu da bênção coletiva e, ainda descontente, pôs em dúvida o valor da promessa que tinha sido feita pelos seus pais na época da segunda e grande seca.

Eram então tempos difíceis. A última chuva já fazia parte das lembranças remotas e a aldeia, assaltada pelos ventos vindos do norte, cobria-se com os restos ressecados das plantações perdidas. O céu, refletindo a terra desolada, tinha as cores dos incêndios se extinguindo e o rio mostrava os desníveis do seu leito. O suor dos homens era abrasivo, as mulheres limitavam as suas visitas à despensa e antes que os grãos se esgotassem de vez, ajoelhados aos pés do santo, os pais da aldeã prometeram que se viessem as chuvas, a filha mais velha, mantendo-se pura como as santas, seria a guardiã e zeladora da igreja e da casa paroquial.

— E para sempre — disse o meu avô, e também me contou que a aldeã, além de inutilmente esperar pelo nascimento dos seus dentes do siso, era incapaz de fazer as próprias tranças. Então, sempre com a cabeça coberta pelo mesmo lenço, antes do nascer do sol dirigia-se para a casa paroquial e preparava o café do exorcista. Ouvia as suas reclamações sobre as broas muito assadas ou ainda cruas, limpava a casa e a igreja, lavava a roupa e preparava o almoço. Ouvia suas queixas sobre a falta ou excesso de sal, passava as roupas, engomava com perfeição as toalhas do altar e preparava sopas de fácil digestão. Ouvia também as reclamações sobre o caldo espesso demais ou muito ralo, desengordurava a cozinha e só então, sentindo-se intrusa, voltava para a casa que desde o início da promessa era vista como sendo apenas a casa dos pais.

Entrava pela porta dos fundos, preparava uma infusão de hortelã e a tomava namorando as estrelas através da janela entreaberta do seu quarto. O sono vinha fácil, os sonhos também, e era quando, vendo-se enlaçada em braços fortes, amante de si mesma afagava os seios e se espremia no ritmo das pernas. Acordava sem lembranças, incapaz de entender as razões que a faziam se sentir acumulando pecados.

Mas, logo após a sua exclusão da bênção coletiva, além de se sentir intrusa na casa paroquial, a aldeã se viu agraciada com pequenas lembranças dos sonhos noturnos. Contrariando os anseios antigos, desejou que as noites se tornassem mais curtas. Suprimindo a infusão passou a dormir mais cedo, e veio a manhã em que, ainda deitada, se lembrou do instante mágico. Retesou o corpo sem pensar em pecados, mordeu o travesseiro e duvidou da imagem que sempre fizera do paraíso.

Nesse dia todas as reclamações do exorcista foram justas, também no dia seguinte e no sábado, surpreendendo a aldeã, o padre vestiu a sua melhor batina, enfeitou-se com os seus paramentos e entrou na grande bacia para tomar o seu banho semanal. Reclamou das toalhas, incapazes de secá-lo. Em outubro, perdendo-se nas névoas da memória, passou a misturar rezas, falar em latim com os fiéis e aplicar penitências antes das confissões. Os horários dos cultos tornaram-se inesperados, as obrigatórias bênçãos diárias ao longo da barreira de espinheiros multiplicaram-se e em dezembro, transtornado, saiu do confessionário para exorcizar um devoto.

Foi recolhido pela diocese, e o pároco que o substituiu, trazendo um acordeão, chegou à aldeia quase um mês depois do previsto. Tinha o andar dos dançarinos, o sorriso dos bem aventurados e o olhar de quem via os fiéis além dos seus pecados. Era benevolente ao aplicar penitências, os seus sermões eram indisfarçáveis apologias à vida, e a aldeã, ao vê-lo pela primeira vez, além de se sentir envergonhada pela sua incapacidade de trançar os cabelos, esqueceu o ferro em brasa sobre o pano roxo que cobria as imagens sacras durante a quaresma. O cheiro de tecido queimado interrompeu os seus devaneios, à tarde os recuperou aos sons do acordeão e dias depois, embora os desarranjos fossem maiores do que os acertos, abandonou o lenço de sempre e exibiu as tranças. Ao meio-dia uma delas se desfez e o padre se dispôs a refazê-la. E os seus dedos tocaram o pescoço virgem, e os rearranjos da trança se tornaram diários, e os dedos nada sacros abençoaram as costas, buscaram o colo, as laterais dos seios, agradaram a polpa dos lábios e os confins do ventre.

O inevitável se fez na primavera, o verão foi incendiário e no início da noite mais fria do outono, vítima de um pressentimento angustiante, a mãe da aldeã jogou o xale nos ombros, atravessou a praça com passos autoritários, benzeu-se olhando para a igreja, invadiu a casa paroquial, viu o que temia, deu um passo para traz e se ajoelhou, desculpando-se com o santo pela quebra da promessa.

O padre fugiu, deixando a aldeã, duas batinas e o acordeão. E vieram outras secas, e os padres se sucederam, assim como gerações inteiras. Fatos incomuns, boas ou más colheitas, tornaram-se os registros da passagem do tempo, e no início do novo século, além da fidelidade incondicional aos costumes antigos, todos ainda acreditavam que a aldeia havia sido fundada em homenagem ao santo. A barreira e a vala, como antes, dividia o mundo em dois e além delas, lendas acrescidas, as entidades sorrateiras espreitavam mais assustadoras ainda. Embora não soubesse interpretar os balidos, um aldeão jurava que os ouvia, as festividades em homenagem ao santo duravam uma semana e a expansão da aldeia era proporcional ao crescente número de descendentes, alguns herdeiros de desavenças irreconciliáveis. Outros, protegidos pelos pais e em detrimento das irmãs e irmãos mais jovens, tornavam-se os únicos herdeiros da família. As ocupações e vocação para as intrigas também eram hereditárias, mas nenhuma herança foi tão consequente como a do meu avô.

    Era assim como se ele houvesse nascido com dois pecados originais. O pecado comum a todos foi lavado na pia batismal sem a presença do seu pai, inconsolável e furioso desde o nascimento do filho: entre os cento e setenta e dois descendentes do pastor, todos homens e fisicamente idênticos ao ancestral ilustre, o meu avô foi o único que nasceu loiro, de olhos azuis e cabelos cacheados.

XI

E o meu avô então me contou que o seu pai, único descendente do pastor a se casar com uma descendente do marceneiro, além do intocável orgulho do ancestral, era um intransigente defensor dos costumes. Impunha a sua opinião como se fosse imune às incertezas, ignorava o padre, participava pouco da vida comunitária e, quando irritado, seus gritos balançavam as louças expostas, ecoavam por todos os cômodos da casa e faziam tremer o galo de ferro que ornamentava o telhado.

Era sempre assim, mas ao ver que o filho recém-nascido em tudo se assemelhava à mulher, expulsou a parteira e o grito que sacramentou a expulsão fez o galo de ferro pela primeira vez girar na direção contrária ao vento. O segundo grito, alertando os aldeões, reverberou no sino da igreja, vasculhou as imediações do rio e se perdeu na direção dos desolados horizontes do norte. Vieram os redemoinhos, e o pai do meu avô, depois de bater a porta ao sair do quarto, esmurrou dez vezes a combalida mesa da cozinha, jurando após cada impacto que jamais seria pai outra vez. Haveria de dormir em um quarto apenas seu pelo resto da vida, mas ainda ali, na cozinha, expressão de quem não supera o pesadelo, sacudiu o armário das louças, acompanhou o ritual das quedas e pisoteou todos os cacos. Também blasfemou olhando para o teto, esmurrou mais uma vez a mesa e saiu pela porta dos fundos. Foi quando, rodeando a casa, enalteceu com elaborados impropérios o filho, a mulher e os seus ancestrais, incluindo o marceneiro e seus descendentes ainda vivos.

— Inimigos do meu pai, claro, nasci inimigo — disse o meu avô e me contou que o seu pai, exposto ao mundo pelas mãos paternas como um legítimo descendente do pastor, imaginara-se cumprindo a tradição familiar exibindo o filho assim como havia sido exibido. A frustração o fez multiplicar os impropérios, também os desaforos e ameaças sob a janela da mulher, e apenas no meio da tarde, sabendo-se esperado, atravessou o portão e enveredou pela rua da casa paterna. Aproximou-se com a lentidão de quem é portador das más notícias, titubeou por um momento, insistiu em seguir em frente e foi nesse momento, exatamente nesse momento que os seus passos se tornaram tão pesados que indiferentes às distâncias já delatavam a sua aproximação.

Seria sempre assim, e o meu avô, logo após afirmar que a primeira palavra que balbuciou foi o mais frequente dos impropérios paternos, contou que a inimizade entre os descendentes do pastor e os descendentes do marceneiro era tão antiga que mais ninguém sabia ao certo o que a motivara. As versões se contradiziam desde os tempos antigos e as acusações mútuas, embora jamais fossem amenas, exacerbavam-se quando surgiam as aflições do presente. Nos períodos de seca eram as comportas das terras mais altas que haviam sido construídas com o único propósito de impedir a irrigação das terras ribeirinhas. Na época das chuvas intensas, caso fossem abertas, nada mais eram do que a prejudicial tentativa de inundar os pastos e plantações das terras mais baixas. Ambas as famílias possuíam terras e comportas nas terras mais altas, pastos e plantações abaixo das elevações, e eram as hipotéticas usurpações de limites que justificavam a escassez das colheitas. As desavenças dos casais nasciam da maledicência dos inimigos e atribuíam culpas até para se isentarem das responsabilidades coletivas, incluindo os mutirões. Mantinham-se tão distantes que ofertavam bancos à igreja para uso exclusivo e nas procissões jamais carregavam o mesmo andor.

— As casas eram construídas em lados opostos da aldeia — disse o meu avô, sorriu, e ainda sorrindo afirmou que apenas as arapucas do seu destino poderiam ter engendrado o casamento entre descendentes das duas famílias. Apagou o riso e, cadenciando a voz, me contou que dezenove anos antes do início do novo século, talvez em agosto, o avô que jamais o reconheceria como neto, alegando que o fim da inimizade beneficiaria as duas famílias, procurou o desafeto e propôs uni-las através de um casamento. A alegação escondia o seu desejo de ver possível a aquisição de terras há muito cobiçadas. A recíproca era verdadeira, mas os desacertos entre o dote oferecido e o pleiteado, envolvendo terras e animais, transformaram-se em discussões que trouxeram para aquele momento as ofensas ancestrais. Esgotadas, reviveram as ofensas mais recentes e, assim que também se esgotaram, puseram fim ao impasse desistindo da realização do casamento. Foi quando os aldeões, cansados de se tornarem inimigos de uma das famílias apenas por se revelarem amigos da outra, pediram o arbítrio do padre.

Reuniram-se na segunda terça-feira de dezembro, e o padre, depois de ouvir ofensas inéditas, impropérios fora do contexto e conhecer as diferenças entre o dote oferecido e o pleiteado, sugeriu diminuir o número de animais e aumentar o tamanho da terra. Inverteu os números da proposta, criou alternativas, pediu aos céus o dom da paciência, explicou que os valores eram subjetivos, louvável era a intenção e no final da tarde da sexta-feira, cansado e também confuso, viu o acordo sendo sacramentado com a troca de fios de bigode. Nessa época o pai do meu avô era recém-nascido, a mãe ainda usava cueiro e os patriarcas, sem que isso causasse estranhezas, continuaram inimigos enquanto os noivos cresciam. Os aldeões, seguros de que a palavra empenhada dos patriarcas seria cumprida, mantiveram a esperança que a reconciliação definitiva viesse logo após o casamento. E todos o assistiram, e a festa, rica em vinhos, danças e assados, espelhou a alegria e esparramou vivas durante três dias e três noites. Mas a paz durou pouco: os aldeões ainda estavam sonolentos quando o pai do noivo delatou que o dote estabelecido graças ao arbítrio do padre estava incompleto. Em sua opinião faltavam dois carneiros, restabeleceu-se o impasse e quatro décadas mais tarde, interrompendo a extrema unção, pela última vez o pai da minha bisavó amaldiçoou o desafeto por ter posto em dúvida a sua honradez.

— Impedida pelos irmãos, a minha mãe não acompanhou o enterro do pai — disse o meu avô e me contou que ela, rejeitada pelas duas famílias, mantinha os braços espremidos contra o corpo assim como quem teme estar invadindo o espaço alheio. Silenciosa até na execução dos seus afazeres domésticos, raramente e apenas através das expressões deixava transparecer algum pensamento ou emoção. Abaixava os olhos ao ouvir os gritos do marido e em relação a ele todos os seus gestos se resumiam no afirmativo movimento da cabeça. E foi com esse gesto que aceitou buscar ajuda quando se evidenciou a sua dificuldade para engravidar. Submeteu-se às simpatias, novenas, conselhos das parteiras e ao martírio das imersões em caldos de ervas mal-cheirosas.

Soube-se grávida ao descobrir que já estava azedo o queijo que havia feito na véspera. Viveu uma gravidez sem enjoos ou desejos e com uma única certeza: teria em casa mais uma cópia exata do pastor. Antecipando-se, duplicou a sua angústia, espremeu mais ainda os braços ao encontro do corpo, e assim que o filho nasceu negando as características físicas do pai, prevendo as consequências, lamentou o destino que enfim a agraciava com uma bênção que era apenas sua.

XII

Os passos pesados do pai assombraram a infância do meu avô. Ecoavam reais, alertas que transformavam em refúgios os cantos mais escuros da casa. Também, imprevisíveis, ecoavam na sua imaginação, pondo fim até na mais simples das alegrias infantis. Era quando o pião, assustado, rodopiava sozinho e à noite, martirizantes, vinham os pesadelos de sempre: perseguições em campos sem refúgios ou socorro. Todas se concluíam na severidade dos castigos, mas era durante o dia que os castigos faziam dos grãos de milho aparas para os joelhos, e sempre no meio da rua.

Era como o pai exibia o filho, e os ventos que vasculhavam a rua, sempre frios, traziam o pó e os risos. A lágrima se humilhava, incapaz de negar o reflexo azul, ser igual, rude, insensível. O galo de ferro, sobre o telhado, também espiando não desaparecia sob as chuvas. Ferro em brasa, assim como os joelhos, brilhava à noite, às vezes estrela única, órfã desprotegida ouvindo os silêncios maternos. E a rua, mais uma vez, naufragava na lágrima azul. E os dias de inverno se assemelharam aos do verão, e vieram muitos, divididos entre os castigos e a solidão, e o menino, entre as árvores do quintal, criou esconderijos dando a cada um deles o nome de um dos seus amigos imaginários.

Mas os esconderijos, assim como os castigos, também eram expostos, e o meu avô, pouco a pouco se aventurando pela campina no norte, criou os esconderijos de difícil acesso. Neles, foi o pirata que conquistou cem vezes o porto mais distante, o menino feliz que conversava com os animais e o guerreiro destemido que no final de todas as tardes enfrentava o rei cruel. Mil vezes fugiu com a rainha silenciosa para depois, regresso obrigatório e sem o socorro da rainha, além dos esconderijos criados pelo pai, mil vezes se reencontrou com a vontade que se fazia pequena, inferior, com os medos que se acumulavam, também com o relho, costas nuas, dor exposta na lágrima azul, ambas sedimentando as grades do presídio que o menino supôs impossível alcançar as chaves.

E veio o dia em que o grito paterno explodiu mais cedo do que o costume, e o meu avô se pôs em pé antes que o grito se alardeasse no último cômodo da casa. Foi quando soube que os seus braços já eram fortes o suficiente para o manejo da enxada. Seguiu o pai, ferramentas sobre os ombros, lágrimas substituídas pelo fogo do pó preto espalhado pelos ventos do norte. As florações, mirradas, prenunciavam as más colheitas, o céu ainda escuro sugeria mais um dia difícil, e para o filho a dificuldade se resumiu na substituição de um mourão podre. A cerca era distante, a execução da tarefa afastaria implicações doloridas, mas os agrupamentos de árvores, dispersos pelo campo, inspiraram as emoções dos esconderijos e o sonhador, vendo-se em fuga com a rainha, correu na direção da cerca. Evitou alguns arbustos, saltou obstáculos imaginários e então, olhando para trás à procura do rei, chocou-se com os arames ainda presos nos mourões, derrubando não só aquele que devia ser trocado como também outros cinco. O grito do pai ecoou pela colina e o meu avô, rearranjada a cerca, esfomeado, sujo e com as mãos feridas, apenas voltou para casa dois dias depois. Jantou sozinho como sempre e no sábado, guerreando contra o rei, jogou o sal dos animais no cocho da água. Imediatamente sentiu a batalha perdida, quis reagrupar as forças esvaziando o cocho com um balde e não viu a aproximação do pai. O impacto da água não impediu o grito que reverberou além da colina. Pior: os dois litros da salmoura que se viu obrigado a engolir foram a causa do desarranjo intestinal que duplicou o seu castigo nas longas tardes que passou ajoelhado sobre os grãos de milho.

    O terceiro erro foi o mais grave: após uma semana de chuvas intensas, o meu avô esqueceu abertas as comportas do pequeno açude alimentado por uma fonte instável. O barro rodeou as poças, limbos ancestrais se revelaram e o grito do pai expulsando o filho das suas terras, depois de ecoar na colina e reverberar além, foi ouvido na aldeia. Sem precedentes, a expulsão se tornou um acontecimento comentado através das cercas entre vizinhos, na porta da igreja antes das rezas noturnas, também nos encontros fortuitos ou premeditados. Os dedos em riste e os risos sem disfarces não se negaram às perseguições dos passos envergonhados do expulso e ele, fugitivo, pelos desvãos dos seus esconderijos antigos descobriu ainda mais desolados os horizontes do norte. Os sonhos, renovados, vinham agora ao encontro das exigências impossíveis de ser atendidas. O pai, indiferente às limitações da aldeia, também aos maus olhares que desde sempre recaíram sobre o filho, exigia dele uma ocupação, e o meu avô, sem renovar os esconderijos, era então o alfaiate capaz de confeccionar belos ternos que faziam os homens invisíveis. Todos os dias, envergonhando os cento e setenta e dois descendentes do pastor, esculpia altares com a mesma maestria do ancestral materno ou, vingando-se do ferreiro que o havia recusado como aprendiz, trabalhava o ferro criando grades sem emendas, enfeites imóveis para os telhados e arabescos mágicos que enfeitavam a alcova da rainha.

As botas brancas que extraía da imaginação eram dotadas de asas, mas não alçavam voo sob passos pesados e assim como os ternos, altares ou grades, sucumbiam nos impasses de todo final de tarde.

– O meu pai nunca se atrasava e a minha ausência era a chave que abria as portas do inferno – disse o meu avô e então me contou que no início do verão, voltando dos seus esconderijos, foi surpreendido por uma das escuridões repentinas e absolutas. Sabendo que o pai apalpava toda a casa à sua procura, confiou no tato e nos ouvidos, também na memória, e se felicitou ao ouvir os seus passos ecoando sob a ponte de madeira. Contou dez passos, com as mãos estendidas deu outros três à direita e encontrou a cerca da última casa da rua. Passo a passo e sempre tateando, venceu a distância entre as oito casas, soube-se na esquina pela canalização do vento e o seguiu, seguro que teria pela frente um trecho sem construções, íngreme e repleto de pedras que alcançavam a sua cintura.

Foi quando, certo que conhecia a localização de cada uma das pedras, desafiou-se a fazer a travessia sem nenhum esbarrão, mas avançou pouco. Descontente, reiniciou a travessia e tantas vezes mudou de direção que acabou enveredando pela rua que precedia a sua. Outra vez passo a passo e apalpando as cercas, contou quatro portões e o quinto, pressupostamente o seu, estava escancarado. Era assim que o pai sempre o deixava e o filho, sentindo a aflição dos infortúnios iminentes, decidiu adiar o encontro entrando em casa pela janela do seu quarto.

A casa invadida, assim como tantas outras construídas durante ou logo após a fundação da aldeia, respeitava a pouca originalidade dos construtores. Identificam-se inclusive nas dimensões, e a única janela que se abria para o quintal sucumbiu às destrezas do meu avô. Foi quando a aldeã solitária, nua como sempre, ao ouvir os cuidadosos ruídos da invasão desejou que o invasor fosse o garboso capitão do seu navio festivo. Ela era uma mulher de traços tão suaves quanto a sua voz. Ao completar quarenta anos, avaliando o seu reflexo no espelho, notou os seus mamilos ainda eretos e as pernas isentas de varizes ou estrias. Saudável, demonstrava toda a sua energia no cultivo que mantinha no quintal. Era quando se vestia, e o meu avô, sempre à espera dos gritos do pai, apenas soube que estava em um quarto que não era o seu ao ouvir a voz suave perguntando se o seu uniforme de capitão era branco. Desconcertado pela invasão e sem entender a pergunta, disse quem era e, gaguejando desculpas, recuou na direção da janela, mas parou ao ouvir o convidativo alerta que a escuridão o faria se perder outra vez. "E talvez para sempre", disse a aldeã, imaginando-se desolada em um tombadilho inundado de lua cheia. Suspirou o seu desconsolo e depois, restrita à realidade do seu quarto e tateando a escuridão, chocou-se com o invasor, permitindo que os seus seios nus o abraçassem. E o calor de um corpo próximo, sentido pela primeira vez, fez do meu avô o sonâmbulo que seguiu os passos da mulher, esquecido do pai e das suas exigências.

 Sentaram-se na cama, próximos, e ali, entregues à escuridão e superando pouco a pouco as perguntas simples e as respostas curtas, enveredaram pelas confissões singelas. Foram além, e acabaram se identificando pela solidão comum aos dois, rica em sonhos e esconderijos reais ou imaginários. E a aldeã, desprovida de reis ou rainhas, fazia do seu quarto o navio festivo que navegando em busca dos mares do sul ignorava os mandamentos e os olhares de suspeição. Nua, imaginava-se envolta em sedas raras, sempre pronta para as mil festas que se iniciavam com os jantares servidos por garçons usando luvas brancas e fraques listrados. O vinho avermelhava os cristais e a luz, difusa, inspirava confissões ousadas. Ela as ouvia e o seu sorriso, enigmático, aguçava as incertezas dos homens, elegantes sob a cartola e com grossas correntes de ouro perpassando o colete. Vinham então as danças e as súplicas de amor, mas a aldeã, sonhando em se despojar das sedas, tinha os olhos voltados apenas para o capitão, garboso no seu uniforme branco e se dividindo com outras mil mulheres. Sem se deixar vencer pela indiferença do capitão, dançava durante horas e depois, refugiada no tombadilho, enfim se libertava das sedas e se entregava às danças dos marinheiros madrugadores.

Colhia o sol da manhã assim como colhia os amores emprestados e ali, no quarto de tantos sonhos, o repentino fim da escuridão trouxe para o meu avô o impacto dos seios nus da aldeã. Namorou os mamilos eretos descobrindo a volúpia dos instintos, levantou as mãos sem saber onde recolocá-las, desviou os olhos em busca das coxas convidativas, lutou contra os pensamentos prudentes ao descobrir onde pôr as mãos e então, ao sentir o calor macio da pele da aldeã, olhou nos seus olhos e foi quando descobriu que ela, resplandecente no seu vestido de seda e retomando os sonhos, ainda dançava as primeiras danças da noite.

XIII

As lembranças dos mamilos eretos, também da tepidez das coxas da aldeã, perseguiram o meu avô até o final do verão. Nos seus esconderijos mais distantes, muitas vezes, foi o marinheiro madrugador nas danças dos amores solitários. Enrijecia as pernas e agonizava imperfeito, carente. Recuperava o fôlego e então, inevitável, chocava-se com as lembranças das expressões da aldeã, todas quase imateriais e tão longínquas que revelavam a sua incapacidade de viver no mundo real.

Identificava-se e era quando revia as causas da sua expulsão das terras paternas, ou se via nu e solitário na desolação do seu quarto. Além disso, de forma mais sutil, lembrava-se do seu navio pirata conquistando e reconquistando o mais distante dos portos. Tentou naufragá-lo antes que ele também enveredasse pelos mares do sul, ou se tornasse festivo, mas todas as tentativas de naufrágio fracassaram graças à rejeição do mar. Então, lutando contra os desvios de rota, descobriu-se capaz de ancorar em portos mais próximos, e mais próximos ainda quando se refugiava nos seus esconderijos menos distantes da aldeia. Aproximou-se mais e mais, e no início do outono, contando e recontando quantas casas conseguia ver do alto da colina, enfim naufragou o seu navio.

O naufrágio foi tão ruidoso quanto as crianças que brincavam no meio das ruas e da tagarelice das aldeãs conversando com as vizinhas através das cercas. O silêncio, inspirador, veio através dos passos vagarosos de um ancião, também do sino da igreja que então, esquecido das suas convocações, apenas refletia o sol. E o meu avô, movendo a cabeça para fugir dos reflexos, ignorou o galo de ferro sobre o telhado da sua casa, acompanhou as águas do rio, deparou-se com os espinheiros e pouco depois notou que a distância e o emaranhado de galhos o impediam de contá-los. Mas, decidido a descobrir a quantidade exata dos espinheiros se propôs a contá-los de perto. O sol ainda alto retinha o pai nas suas terras e o filho, passos desapressados, desceu a colina, atravessou a praça ignorando e sendo ignorado pelos aldeões, evitou a rua do comércio desde sempre incipiente e também, evitando passar na frente da sua casa, enveredou por uma rua paralela, embora fosse nessa rua que morava uma tia materna, beata e tão rancorosa que a sua testa já era enrugada antes mesmo que ela alcançasse a puberdade.

— Tinha três filhas — disse o meu avô, as duas mais jovens eram submissas e infelizes, mas ali, no portão, estava a mais velha. E os azuis dançaram no olhar indeciso, reergueram-se e se encontraram, e se percorreram no ritmo da respiração assustada. Instante de relâmpago, iluminado, um sorriso ainda sem definição e depois mais um passo adiante, trêmulo, covarde, levando consigo, além das imagens colhidas pelo último olhar, o momento que se fez menos solitário.

Os espinheiros não foram contados, os redemoinhos se ausentaram e o dia se encerrou isento de castigos. Também não choveu, e o meu avô, outra vez indiferente aos aldeões e às estranhezas da aldeia, enveredou pelos descompassos das aflições. Ansiando rever a prima acordava antes do tempo, rodopiava na cama desejando que os gritos paternos abrissem o dia e era angustiante, quase um suplício esperar que os passos pesados do pai não mais vibrassem nas imediações. Era quando, esquecido dos gritos, buscava a rua da prima, e ia e voltava até que a cortina da janela, desde sempre escondendo a sala da tia, se movesse revelando espreitas.

Pouco a pouco as espreitas se tornaram mais ousadas, mas, logo após uma sucessão de noites maldormidas, sonhou que em ambos os lados da janela, afunilando-se numa perspectiva perfeita, havia uma infinidade de outras janelas, todas com as cortinas escancaradas. O portão e a cerca entre a rua e a frente da casa tinham desaparecido, o vento não agitava a cortina de sempre, sombras não a entremeavam, mas repentinamente ela se abriu mostrando a tia, desgrenhada e com a expressão das bruxas. Nos seus olhos dançavam todas as iras, tinha nas mãos um relho avermelhado que zunia apesar de imóvel, e assim que ela flutuou através da janela brandindo o relho e vindo ao seu encontro, o meu avô acordou. Saltou da cama lutando para conter a urina, não encontrou o urinol, saiu do quarto pela janela, urinou próximo da castanheira e ao voltar, lembrando-se do relho avermelhado, interpretou o sonho como um aviso, e logo depois, ouvindo os passos pesados do pai, jurou evitar por algum tempo a rua predileta.

 A manhã foi perdida na revisão das imagens sonhadas, veio o início da tarde, a ansiedade se tornou insuportável e o meu avô, passos ligeiros, alcançou a esquina que precedia a casa da prima, acreditando que dali seria possível ver a janela. Duas árvores a escondiam e o primo aflito, depois de chutar uma pedra inocente, decidiu dar a volta no quarteirão em busca da esquina oposta.

    Foi quando se deparou com o muro que cercava os fundos da tecelagem. Embora abandonada há mais de sete anos, flutuava ainda no seu interior a aura dos sonhos e desejos ali deixados durante a escolha do tecido para o vestido novo. Também flutuavam lamentos, e no alongado quintal que atravessava o quarteirão, além do musgo acinzentado, o mato soterrava o jardim que havia sido, além de primoroso, palco dos inaudíveis concertos do tecelão.

    Ele viera para a aldeia duas décadas antes do novo século trazendo teares, rocas, pigmentos e fardos de algodão. Trazia ainda, além de quatro malas com objetos pessoais, uma harpa embrulhada em seda azul e sementes de flores que jamais tinham sido vistas pelos aldeões. As suas palavras soavam moduladas, quase femininas, usava camisas de punho largo e rendado, não repartia os cabelos, mas, antes até de desencaixotar os teares, repartiu o terreno ao redor da casa em dezoito canteiros, preparou a terra sob os ensinamentos dos mestres jardineiros, depositou as suas sementes nas covas que respeitavam espaços idênticos e só então montou a tecelagem. Regava os canteiros antes do nascer do sol, era visto caminhando pela aldeia em horas tardias e assim que o jardim floresceu, cuidadoso, desembrulhou a harpa. Cessaram as suas caminhadas e na primeira noite em que a lua cheia se mostrou inteira, sentado entre os canteiros, pela primeira vez dedilhou a harpa, mas ninguém conseguiu ouvir uma única nota. Era assim como se o tecelão tocasse apenas para si mesmo, ou para alguém muito distante.

    A cada nova audição, sempre inaudíveis, as flores rejuvenesciam e o aldeão, indiferente às especulações sobre os seus trejeitos, origem e magia da harpa, durante mais de trinta anos criou tecidos com as cores que aliviavam as cólicas menstruais, outros que amenizavam as angústias do dia a dia, também tecidos tão simples que isolavam a inveja. Mestre na sua arte, dedicava o melhor do seu tempo na criação das cores virtuosas, capazes de atrair os homens. Mas não era apenas conhecedor da alma feminina: os tecidos mais resistentes, próprios para o dia a dia da lavoura, traziam as cores que apressavam a digestão, renovavam as energias e aguçavam a libido.

Jamais frequentou a igreja, festividades ou se aproximou de alguma aldeã. Nunca aceitou aprendizes, sorria com extrema dificuldade e entre todos os seus feitos do passado arrependia-se apenas da promessa que fizera para a irmã, uma jovem viúva tão influenciável que assimilava até o sotaque dos interlocutores. Sem atributos especiais ou riquezas, logo após a repentina morte do marido, convencida que o seguiria em breve e preocupada com a filha recém-nascida, exigiu do irmão a promessa que seria um pai para a sobrinha. Mas a irmã tinha penitências para serem cumpridas e ainda viveu trinta e um anos e quatro meses. Durante esse tempo, vitimada pelas estrelas da má sorte que rodeavam a filha, foi picada apenas pelas moscas contaminadas, não encontrou um só homem que não fosse inescrupuloso, viu frustrada até a mais simples das suas iniciativas e acabou os seus dias vagando de vilarejo em vilarejo e sendo expulsa de todos eles.

Então, órfã, a sobrinha foi ao encontro do tio e assim que chegou à aldeia, as cores que antes atraiam os homens tornaram-se um irresistível atrativo para as abelhas, todas as cordas da harpa se romperam e o jardim, sempre viçoso e isento de pragas, viu-se brutalizado pelas ervas intratáveis. Também foi quando o tio descobriu por que a irmã era expulsa dos vilarejos. Os milharais, apesar das boas chuvas, negaram as espigas, os redemoinhos, assim como as escuridões repentinas e as aves migratórias, dobraram a frequência e todas as desavenças antigas vieram à tona, tornando quase impossível a convivência entre os aldeões. Trincas criaram mapas obscuros nas paredes da igreja e o tecelão, sem alternativa, isolou a sobrinha construindo uma pequena casa de madeira além dos mais distantes esconderijos do meu avô.

As estranhezas regrediram à frequência de sempre, a paz possível envolveu a aldeia e os esteios da casa nova envergaram, revelando as goteiras. Vieram as chuvas e o tecelão, rearranjando o telhado, sentiu os primeiros efeitos dos desvios da visão. Em setembro, alimentando os teares, confundiu a urdidura com os fios do entrelaçamento e acabou às voltas com um emaranhado de nós que paralisou a produção até o início de outubro. Ao retomar a produção, misturando pigmentos em busca do verde que aliviava as cólicas menstruais, criou a cor que ressaltava as ausências e agregava mais uma angústia no dia a dia das aldeãs. Veio então o dia que se viu sem referências, perdido entre os descaminhos de um confuso senso de direção. Reorganizou a tecelagem posicionando os teares sob as janelas da esquerda e as rocas no quarto dos fundos, mas, vendo-os triplicados, descobriu-se incapaz de lidar com os fios mais finos. Ainda incansável, dedicou-se à fabricação dos tecidos mais resistentes e meses depois, trabalhando progressivamente com fios cada vez mais grossos, ficou claro que toda a sua produção servia apenas para a confecção das sacas próprias para o armazenamento de grãos.

Eram necessárias e o tecelão, depois de azeitar a máquina de costura e afiar as tesouras, produziu oito centenas de sacas, todas com duas costuras à direita e nenhuma a esquerda. Foi quando fechou a tecelagem e se refugiou na companhia da sobrinha.

XIV

Nas calorosas tardes do fim da minha infância, como sempre me mantendo no colo, o meu avô então me contou que ele, assim que se deparou com o muro da tecelagem, vencido pela ansiedade apenas se deu conta da invasão quando se viu entre o musgo acinzentado e as ervas intratáveis. Os cheiros do abandono rodeavam o quintal, a tramela interna da porta dos fundos não ofereceu resistência, o aspecto do interior da tecelagem inspirava desconsolos e a grande janela da frente, sem venezianas ou cortinas, era quase frontal à janela da prima.

A visão era iluminada, a ansiedade crescente, e o meu avô, espionando sem desviar os olhos, duas vezes viu a prima abrir um dos cantos da cortina e olhar para os dois lados da rua. Sentiu-se querido, esperado, e teve vontade de gritar, quebrar todos os vidros da janela para alargar a luz, correr ao redor do quarteirão se mostrando ao mundo, mas se conteve, submisso ainda aos presídios que o rodeavam.

E criou mais um, esse por escolha, embora também pairasse sobre ele as doloridas consequências caso fossem descobertas as invasões, e então ali, presidiário atrás da sua janela, viveu os martírios das esperas emperradas nas horas que não se venciam, os reboliços das paixões alimentadas pelas rápidas aparições da prima e os receios de delatar a sua vigilância. Além do relho real do pai e do relho avermelhado da tia, desconhecendo ainda a sua vigorosa rebeldia, às vezes temia delações ou armadilhas engendradas pela prima.

— Era impossível esquecer que eu era visto como inimigo pelas duas famílias — disse o meu avô e me contou que apesar dos seus temores, a cada movimento das cortinas, ou quando elas se sombreavam sugerindo espreitas mais sutis, sentia o ar rarefeito, a desobediência das pernas e as desordens que nasciam das emoções multiplicadas. Entregou-se de vez, e foi quando, assim como se não bastassem os temores, envolveu-se com as mentiras que desde sempre são contadas pelas paixões. Primeiro cismou que a prima rareava as suas aparições e depois que se tornavam mais rápidas. Cismou ainda que ela agora apenas se mostrava ansiosa quando olhava à direita da janela, na direção da casa de um jovem aldeão. Conheceu as inclemências do ciúme e dos amores supostamente não correspondidos, e perdeu o sono, o apetite, a vontade de interpretar as expressões maternas e se imaginou próximo dos desvarios assim que julgou merecidos todos os castigos impostos pelo pai. Também os desejou e então, talvez inspirado pelo mais temerário entre os desvarios, empurrou um fardo de algodão para as proximidades da janela, esperou a aparição mil vezes desejada, subiu no fardo e se exibiu, corpo inteiro e cabelos penteados.

No sorriso que o acolheu havia o encanto das esperas enfim vencidas, e vieram outros sorrisos, promessas nos beijos soprados, dedos erguidos indicando o horário da próxima aparição, e entre elas o vazio, pouco a pouco sendo preenchido com os sonhos. Agora não havia rei ou rainha e sim ali, junto aos teares, o tecelão capaz de tecer o manto encantado que fazia os primos invisíveis, ou os tapetes mágicos que os levavam para longe da aldeia, tão longe que as estrelas se tornavam próximas. Visitavam lagos azuis e imunes às neblinas matinais, paisagens iluminadas por um sol sem poente, mares desconhecidos sem uma única embarcação e montanhas de difícil acesso.

Também foram muitos os oásis visitados, mas, fáceis os sonhos, surgiram dos teares imaginários mil xales tecidos com mil fios dourados, assim como os cabelos da prima. Mil sedas azuis cobriram o seu corpo, rendas vermelhas se harmonizaram nos seus seios e quando surgiram os tecidos transparentes, o meu avô se interessou por um tear real. Brincou nos seus pedais avaliando os movimentos que criavam, suspeitou qual era a função do pente, olhou com desconfiança para a urdideira, para os quadros, mais desconfiado ainda para as manivelas e então, certo que os enigmas da tecelagem eram indecifráveis, declarou-se incompetente. Sorriu com desdém sem saber se desdenhava dele ou do tear e, apesar das reflexões, o meu avô jamais soube se foi a sua declaração de incompetência ou a complexidade revelada pelos teares que impossibilitou os seus sonhos, e de uma forma tão radical que ele esgotou a imaginação, também o humor, tentando sem sucesso tecer o manto da invisibilidade.

Os tapetes mágicos não se organizaram mais em tramas consistentes, e veio então o pior: os olhares da prima, assim como se ela também houvesse perdido os sonhos, mostraram-se decepcionados. Escassearam as promessas nos beijos soprados, as molduras das duas janelas se distinguiram, ressurgiram as cismas, todas deixando trilhas na fracassada tentativa de entender os teares. Outra vez o sono e a fome se espantaram, mas no meio-dia de uma quinta-feira, dia sempre propício para o passo seguinte, o meu avô se desafiou. Pôs-se em pé, e nos dias que se seguiram, concentrado e sem descanso, estudou a ordem dos fios que compunham as sacas mal costuradas, os retalhos de alguns tecidos mais elaborados e todos os detalhes dos teares. Entendeu os fundamentos e importância das urdiduras, também a função dos pentes, sorriu ao reencontrar a alegria no olhar da prima e depois, confiança insubmissa, vasculhou todo o salão sem encontrar, soltos ou em carretéis, os fios necessários para pôr em prática o aprendizado. Sem se abater e ampliando a procura, saiu de mãos vazias do cômodo que abrigava os pigmentos, as tintas prontas e dois teares ancestrais. Encontrou vassouras, enxadas, um abrigo com capuz e galochas no menor quarto da casa, abriu a porta à direita da cozinha e se deparou com o quarto do tecelão.

    O lençol sobre a cama era de seda e as suas barras de renda não escondiam o florido urinol de porcelana. A pequena mesa de cabeceira aparava um castiçal de prata enegrecida pelo abandono, um livro de poemas e um gato esculpido em mármore rosado. Outros livros expunham os seus títulos sobre a cômoda entalhada com requinte, mas foram os puxadores das gavetas que aguçaram a bisbilhotice. Eram de latão, ainda brilhavam e foi na última das quatro gavetas que o meu avô encontrou o volumoso caderno encapado com seda azul, assim como a harpa. Imaginou que guardava outros poemas ou reflexões, sorriu ao abri-lo e foi quando descobriu que tinha nas mãos um minucioso manual, rico em desenhos e ensinamentos que elucidavam os enigmas da tecelagem.

    Era dedicado a um aprendiz. Mechas de cabelos marcavam as páginas com confissões sutis no rodapé. Folhas secas talvez fossem o registro de momentos inesquecíveis, e o meu avô, cuidando para não fragmentá-las, leu e releu o manual, decorou esquemas, aprendeu a dar os nós dos tecelões, desvendou os segredos da montagem das urdiduras, descobriu que sem a ajuda do manual jamais teceria, sorriu e depois, mantendo aberto o caderno dos ensinamentos, durante uma semana lutou para transformar meio fardo de algodão em poucos metros de fio.

Quatro meses e vinte e um dias depois, apesar da disparidade das espessuras dos fios e razoavelmente aceitável caso fosse visto à distância, ele considerou pronto o seu primeiro tapete. Ao exibi-lo para si mesmo sentiu o contentamento dos criadores, a alegria de se ver capaz de vencer desafios e a necessidade de expor a sua criação. Superou a espera da hora marcada para a troca de olhares alimentando a imaginação, também a ansiedade, e então, sem as precauções de sempre e tapete aberto acima da cabeça, subiu no fardo de algodão e sucumbiu nas certezas dos castigos intermináveis: um tio paterno, caminhando no meio da rua, olhava para a tecelagem assim como quem evita olhar para a casa do inimigo.

XV

E o meu avô, seguro que seria delatado pelo tio, espremeu-se entre o fardo de algodão e a parede abaixo da janela. Esconderijo inútil, mas foi ali que avaliou a possibilidade de aplacar a ira paterna justificando as invasões através do tapete, sem dúvida o primeiro passo para a ocupação tantas vezes exigida. Imediatamente recusou a solução, seguro que para o pai as boas intenções do filho não inocentavam os seus pecados. Protegeu ambas as faces com as mãos espalmadas, sorriu da proteção tão inútil quanto o esconderijo e temeu ser surpreendido ainda na tecelagem e acabar castigado sob o olhar da prima. Então, pânico em expansão e agarrado ao tapete, saltou o muro e correu até se ver à beira da vala. Olhou para os espinheiros, inesgotáveis, enigmáticos, também olhou para além da vala, terra dos maus espíritos, e tremeu misturando sombras imaginárias com as lembranças do rosto irado do pai.

— Mais assustador do que as sombras — disse o meu avô, e se surpreendeu quando no sempre temido final do dia os gritos paternos se limitaram às exigências de sempre. Supondo desencontros entre os irmãos se esgueirou pelos cantos escuros da casa, amargou durante toda a noite as más previsões que cercavam o dia seguinte, inclusive a certeza que após a delação os gritos acusatórios do pai divulgariam por toda a aldeia o motivo dos castigos. A janela, claro, seria ocupada pela tia, e para ele foi assim como se uma nova vala se abrisse na aldeia, isolando o seu mundo de aflições do único canto em que se via acolhido. Saltou da cama antes dos gritos paternos, perambulou pelo quintal até ouvi-los, também ouviu os passos pesados se distanciando, maldisse o galo de ferro ao alcançar a rua, enveredou nos rumos do norte, ouviu o eco dos seus passos ao atravessar a pequena ponte de madeira e parou, perplexo com a repentina inspiração. Ainda imóvel, refletiu sobre os próximos passos e então, apressado, entrou em casa pela janela do quarto, pegou sob a cama o tapete e saiu pela porta da cozinha, pensando nos atalhos que encurtavam a distância entre a aldeia e a casa do velho tecelão.

Antes de alcançar a primeira trilha, lembrando-se do afeto incluso no manual, decidiu que não mentiria sobre o verdadeiro motivo das primeiras invasões. Apesar da decisão ensaiou expressões de humildade, também julgou prudente evitar referências sobre o manual e depois, revirando a memória e a imaginação, encontrou os meios de contar como havia se aproximado dos teares. Sorriu ao se imaginar dizendo que próximo deles se sentia feliz e foi quando extraiu da própria afirmação o argumento que julgou decisivo para obter as chaves da tecelagem.

— Sempre o inesperado — disse o meu avô e me contou que assim como jamais poderia supor que o tio, irmão do seu pai, era tão estrábico que para abrir a porta olhava para a janela, jamais supôs que a sobrinha do tecelão o confundiria com alguma lembrança antiga e amarga. Ao vê-lo, sem complacência e nos rituais de uma suposta vingança, empunhou a maior das suas vassouras e o perseguiu até se deparar com a pequena ponte de madeira.

Recuou brandindo a vassoura, olhou duas vezes para trás e assim que as curvas da trilha a esconderam, cauteloso e lento, seguiu os seus passos. Encontrou o tapete que havia deixado cair durante a fuga, alimentou a imaginação vendo-se balançando as chaves da tecelagem para desgosto do pai e alegria da prima. Incluiu a tia se descabelando e já próximo da casa do tecelão, atrás de alguns arbustos, colocou-se à espreita com a determinação típica de quem aguarda a desatenção ou a ausência alheia.

Restos de uma escrivaninha, pés de mesa e a porta de um guarda-roupa, assim como os derradeiros capítulos de uma história triste, amontoavam-se na lateral da casa. O barro se espalhava, apesar do sol. Moscas incômodas zunindo a sua sede e os ruídos do vento se impunham ao silêncio. A chaminé, sem fumaça, contradizia a sua função, as flores agrestes não se mostravam e a sobrinha do tecelão, sentada sob uma árvore e seio direito à mostra, cantarolava uma cantiga de ninar embalando a vassoura agora no seu colo. E a cantiga se repetiu, mais uma vez, a sobrinha bocejou, outras vezes, e dormiu, boca aberta e cabeça pendente sobre o seio nu.

A invasão se deu pela porta dos fundos e bastou um rápido olhar pelas latas vazias que se amontoavam na cozinha para que fosse explicada a solidão da chaminé. Baldes aguardavam uma nova visita ao rio, panos sujos também, e o velho tecelão, cabisbaixo e dando as costas para a janela, levantou a cabeça com a lentidão dos desamparados ao ouvir passos dentro da sala. Perguntou quem era, e o invasor, percebendo que as expressões humildes, tantas vezes ensaiadas não seriam vistas, apresentou-se omitindo o sobrenome. Abaixou-se junto à cadeira e depois de afirmar que estava ali para tratar de um assunto delicado, fiel ao roteiro ensaiado elucidou a delicadeza do assunto, emocionando o tecelão ao revelar o verdadeiro motivo das primeiras invasões à tecelagem. Ainda emocionado ele ergueu as mãos e moveu os dedos dedilhando uma harpa imaginária e apenas as abaixou ao sentir no colo o tapete que o meu avô havia tecido. Então os dedos, antes impregnados de sons e agora obedientes à maestria do artesão, vasculharam o tapete apontando defeitos e todas as sobreposições das tramas. Os ensinamentos vieram fáceis, tão afetuosos quanto as confissões inclusas no manual. Sorrisos e rápidos silêncios, delatores, permearam os ensinamentos e assim que eles se esgotaram, tateando o seu mundo escuro, o velho tecelão foi em busca das chaves da tecelagem. Voltou sorrindo e tateou além do escuro até sentir na mão direita o rosto do meu avô. Avaliou a perfeição com a ponta dos dedos, brincou nos cachos loiros, abaixou a mão com relutância e só então, ao entregar as chaves, voz humilde, pediu ao novo tecelão que consertasse as sacas mal costuradas.

    E ali, fora da casa, a sobrinha ainda dormia abraçada à vassoura. O meu avô sorriu, dividindo afeto, e pouco depois ouviu os acordes mágicos da harpa.

XVI

O meu avô, assim que colocou as chaves da tecelagem sobre a mesa da cozinha, abaixou a cabeça, também humilhou as mãos as escondendo abaixo das costas e, temendo a sempre imprevisível reação paterna, murmurou o discurso curto e longamente ensaiado. Chovia, os trovões eram temerários e o pai, depois de olhar com indiferença para as chaves, apontou o dedo acusatório para o rosto do filho e, referindo-se ao entorno da tecelagem, perguntou aos gritos como alguém podia trabalhar no meio de tanto mato.

— Consentimento agressivo e estranho — disse o meu avô e também me contou que, ao abrir a tecelagem, sentiu-se inquieto, perturbado por uma aflição que se negava revelar a sua origem. Sem se animar com os teares, sentou-se em frente à janela, esperançoso que a inquietude nada mais fosse do que a ansiedade em rever a prima. Não era e ainda inquieto, pondo-se em pé, teve o olhar atraído para as sacas mal costuradas. Foi quando se lembrou da sobrinha abraçada à vassoura e das carências que faziam a chaminé sem função. Abaixou os olhos vagando ao redor de si mesmo, sorriu sem alegria, também sem se indispor contra os apelos que substituíram a inquietude. Eram tão claros que o novo tecelão, depois de quebrar agulhas, desvendar os mistérios da obsoleta máquina de costura e se entender com as costuras em linha reta, durante dias, incansável, trabalhou consertando as sacas. Sorriu ao vê-las prontas, ainda sorrindo imaginou os cochichos que vazariam através das cercas e então, cabeça erguida, olhar honesto e sabendo da importância das sacas para os bons armazenamentos, procurou os agricultores propondo trocá-las por grãos e fardos de algodão. Bem sucedido, separou três fardos para a confecção de futuras sacas e, discreto, fiscalizou a entrega dos grãos para o velho tecelão.

    Sentiu-se, enfim, o dono das chaves e voltou para os descompassos do seu mundo. O mato ainda inspirava os gritos paternos e na janela da prima ainda ressoavam os gritos da tia. Ela, nove dias antes de concluído o conserto das sacas, vendo pela primeira vez o sobrinho abrindo a tecelagem, além de ter fechado a janela com o estrondo da ira, aos gritos proibiu a filha de reabri-la. O desconsolo foi evitado graças à tarefa que o meu avô havia se imposto, mas, prontas as sacas e entregues os grãos, a imobilidade da janela contagiou os teares. Veio a angústia e pouco a pouco até os gritos memorizados se perderam no silêncio. Nada ao redor, além da janela apenas a rua, vinte passos e uma casa ao alcance das mãos, casa ambígua com os seus espantalhos desgrenhados e fadas loiras. Logo ali, vinte passos, um salto além da coragem, o rompimento das presilhas, o confronto, não: logo ali a incompreensão, as consequências abrangentes aos primos, o relho desapiedado e então aqui, vinte passos atrás, marcada pelos seus silêncios, apenas a imaginação atravessou a rua. Vinte vezes, e na vigésima primeira travessia, apesar de tê-los ouvido uma única vez, ele se lembrou dos acordes da harpa. Passaram a musicar as travessias antes silenciosas, conflitaram-se com a angústia dispersando a indolência, e se tornaram mais vivos, e tão fortes que invadiram todos os ruídos, e vazaram através das frestas. Além, muito além, avalanches foram evitadas, curas milagrosas trouxeram sorrisos, inimigos perpetuaram a paz e ali, ao redor da tecelagem, o mato assimilou as cores das secas. Fragilizou-se e, sem alardes, assim que o mato sucumbiu ao vento, vieram as plantas tão delicadas quanto a seda azul que protegia a harpa.

As primeiras flores delinearam os antigos canteiros, os mesmos canteiros que anos antes haviam encantado o olhar infantil da prima. Espiava-os cantando para as suas bonecas, todas de pano, e desde então a sua sensibilidade já a incompatibilizava com o conformismo, e a tornava tão arredia que ao ser impelida a decorar as regras da obediência sem contestações, ou as tenazes inclusas nos catecismos, punha-se a salvo cantando para si mesma as canções folclóricas que trazia na memória. Ria da subserviência das irmãs, enfrentava os castigos com o olhar altivo dos inocentes e, ameaçada pelo relho ou se sentindo injustiçada, provocava o tumulto das rebeliões. As aldeãs a apontavam como mau exemplo e ela, também erguendo o indicador, dizia que eram as aldeãs, submissas e ainda contentes, o mau exemplo. Detestava a solidão, sonhava com aventuras exóticas e quando a mãe, aos gritos, a proibiu de reabrir a janela, apenas a manteve fechada porque temeu que a sua insurgência trouxesse consequências para o primo.

    Mas os reboliços da alma, também os sonhos incomuns, gotejaram entre a angústia que não se fechou em silêncios. Gritou o direito às escolhas, resmungou desacordos no ritmo do colchão inquieto e murmurou os conhecidos anseios, só que agora na frente do espelho nu. No reflexo, inteira, a mulher, não a filha, menos ainda os ancestrais e as suas desavenças. Também no espelho, incandescendo o reflexo, a ânsia rebelde, o impulso libertário e então, sem culpas ou receios, a prima saltou a janela do seu quarto, atravessou a rua e invadiu a tecelagem. A palidez assustada do primo contrastou com o rubor ousado da prima, e se olharam nos olhos, próximos, dividindo sorrisos, um deles acanhado. Para o meu avô, ali, real a travessia que jamais havia ousado, faltava o passo seguinte, a palavra certa, mas não faltava o hábito: teve medo, disperso entre a mulher e o mundo, entre o pai e a tia. Teve medo de se sentir feliz, mas também teve medo de reencontrar a angústia e os seus silêncios. Dividiu-se, mãos encolhidas, e foi quando sentiu o afago que incendiou o seu rosto e fez opacos os seus olhos antigos. Sorriu, acolhedor, entregando o rosto e fazendo ruir as montanhas que impediam o salto.

Novas flores se abriram, testemunhas silenciosas, cúmplices dos encontros que então, cuidadosos, tornaram-se noturnos. E a tecelagem, abrigo do casal, ganhou o brilho dos amores que se confessam. Ganhou alma, lembranças de seios que se amoldam à docilidade das mãos, também de beijos meigos, rituais destravando os contos de um dia inteiro de espera. Fez-se feliz, musicada por novos acordes, também pelo ritmo dos teares.

E nasceram os tapetes que isolaram o chão frio dos pés descalços da prima, alguns, mais ousados, permeando cores, rosas encantados como o corpo de tantos delírios e vermelhos fortes, assim como uma invocação das noites que haveriam de vir. Também nasceram os tapetes brancos, apenas amorosos, perfeitos. Ganharam franjas delicadas, um irremediável contraste com a imperfeição dos primeiros tecidos. Vieram outros e embora imperfeitos como os primeiros, não se amontoaram inúteis: cobertos de incentivos e depois de esvoaçarem nos rodopios divertidos da prima, desfizeram-se em novas experiências, e os fios tornaram-se mais delicados, menor o número de nós e escassas as sobreposições.

— Chegou a primavera — disse o meu avô e me contou que, feliz e entregue aos afetos da prima, supunha o seu mundo tão encantado quanto o jardim, agora bem delineado e todo florido. A solidão era apenas uma lembrança, compreendia melhor as expressões maternas e ignorava os gritos do pai, todas as manhãs e no início da noite perguntando se ele era tecelão ou jardineiro. Determinado a presentear a prima com um tecido que tivesse a delicadeza da sua pele e o brilho azul dos seus olhos, dedicava-se aos teares com a mesma paixão das suas entregas noturnas. Plenas, perfeitas, sempre felizes e no início do verão, depois de dezessete tentativas, o meu avô encontrou o azul dos olhos que o espelhavam. Tingiu os fios e então, alma encantada e mãos de tecelão, manipulou os teares sem imaginar que pronto o presente seria ele a alavanca que haveria de escancarar para toda a aldeia o segredo das raízes descobertas pelo pastor.

XVII

Um pouco antes do nascimento do filho, certo que ele nasceria idêntico ao ancestral ilustre, o pai do meu avô o fez noivo da filha recém-nascida de um aldeão austero, herdeiro das boas terras opostas às margens do rio. Empenharam a palavra na celebração do acordo e, claro, nada os faria quebrá-la, nem mesmo os anjos inspiradores que levaram a noiva a engolir três contas de um terço. Foi quando, temendo chamas e tridentes, viu torres ruírem além das terras santificadas, pedras marcadas a fogo e sacrifícios inacabados. Ainda em transe, decifrou mistérios, tremeu como se fosse colhida pelos ventos do inverno, também viu o que jamais revelou e então, pálida como as freiras penitentes, ao abrir os olhos disse que todas as santas estavam com frio e que o seu destino, assim estava escrito, era o claustro dos conventos.

A mãe se benzeu, o pai meneou a cabeça e, durante três dias, além dos salmos e orações, ele foi perseguido pelas lamúrias da filha, implorando que a deixasse cumprir o que estava escrito. No domingo perdeu a paciência, bateu a porta ao sair de casa e voltou trazendo o padre para que testemunhasse a sua decisão. Chamou a filha e sem permitir que ela beijasse a mão do pároco, apontou para o menor quarto da casa dizendo que ali seria o seu claustro e que apenas sairia dele no dia do seu casamento.

    E a noiva do meu avô, assim que trancou a janela e despojou o quarto dos seus enfeites, cobriu a cabeça com um véu, ajoelhou-se de frente para uma das paredes e, sem comer ou dormir, rezou quarenta rosários completos, leu todos os versículos proféticos e, ainda de joelhos, chamou a mãe. Voz pausada e com os olhos fixos na parede, pediu duas imagens de tamanhos distintos de cada uma das dez santas que vira no seu transe. Também pediu escapulários e velas, pano e agulhas, linhas comuns e estipulou as cores das linhas próprias para bordados. Manteve o jejum até se ver atendida e depois, descuidando-se dos cabelos, além de decorar todos os salmos, as epístolas e os atos dos apóstolos, confeccionou e bordou dois mantos com capuz para cada uma das suas vinte imagens.

    No inverno as abrigava com os dois mantos ao mesmo tempo, e o meu avô, desconhecendo que o pai o fizera noivo antes mesmo do seu nascimento, ao ver pronto o tecido azul, sonhado presente para a prima, encantou-se com a sua perfeição e o acariciou sentindo nele o fogo que o incendiava ao acariciar o corpo que o tecido haveria de cobrir. Lembrou-se do tapete simples, exposto para o tio estrábico. Também se lembrou das suas desavenças com os fios e, sorrindo, envolveu o presente na seda azul que antes envolvia o manual. Era assim como se os amores dos dois tecelões se comungassem, embora distintos. Para um deles, o afago, o confessionário, a música composta no corpo submisso. Ao outro, além da memória, apenas a harpa. Talvez a dedilhasse naquela noite, som audível, quase feliz ao espalhar pelas distâncias que na tecelagem obsoleta os amores eram renovados.

Ou talvez, pressentindo o céu de lua nova, sempre propício ao inevitável, não dedilhasse o seu instrumento. Apenas deixasse as histórias por conta de si mesmas, felizes nos olhos da prima ao sentir na textura do tecido azul, presenteado com o mesmo afeto da sua confecção, o fogo que sentia ao acariciar o corpo do primo. Então, sorridente, peça a peça se despojou das suas roupas, envolveu o corpo nu com o presente e rodopiou nos passos de uma dança provocante entre os teares, sobre os fardos de algodão e espalhou a sua alegria ao redor dos tanques de tingimento.

    E foi entre eles que os primos se amaram, primeiro com a volúpia dos amores aflitos, necessitados, e depois com a calma dos amores que se supõem eternos. Multiplicaram-se em carícias, indiferentes ao céu de lua nova, sem estrelas, mas o sereno e o vento frio os levou a se cobrirem com o tecido azul. Entregues às delícias dos amores satisfeitos, mergulharam nos sonhos costumeiros. Mãos dadas e voz confidente, sonharam com o amor exposto, livre dos esconderijos noturnos, recluso apenas na casinha além da esquina, ali onde o dia a dia só podia ser feliz. Sonharam com o beijo matinal, o fim dos adeuses incertos quanto a noite seguinte e dos sustos inclusos em qualquer ruído suspeito. Também sonharam com o fim das bisbilhotices maternas, sempre espiando pelas frestas e revirando gavetas. Nelas não cabiam confissões malrabiscadas, presentes ou um simples retalho que trouxesse uma boa lembrança. Sonharam, ainda, com o fim dos gritos paternos, agora mais agressivos e questionando quantas florzinhas o filho havia plantado naquele dia. Humilhantes, vibravam nas louças, refletiam-se no galo de ferro e também entre os primos, interrompendo os sonhos.

    Foi quando a prima, humilhação dividida e rebeldia latente, sugeriu que o tecido azul e perfeito fosse mostrado para o tio. A sua determinação foi contagiante, beijaram-se entre dez despedidas e pouco depois, ao saltar a janela do seu quarto, sentiu-se fragilizada, como se houvesse deixado na tecelagem o melhor da sua energia. Creditou o esgotamento aos prazeres múltiplos, sorriu e se deitou evitando o espalhafato do colchão de palha. Fechou os olhos, dormiu embalada pelos roncos paternos e acordou no meio da noite, assustada com o sonho que a mostrava sem cabelos e com o frio real que vasculhava a sua cabeça. Tranquilizou-se ao levantar as mãos e sentir os cabelos entre os seus dedos, supôs que houvesse deixado a janela aberta, e ao encontrá-la fechada creditou o frio às estranhezas da aldeia. Esquecida do sonho voltou para a cama, mas os roncos do pai, apesar da mesma cadência anterior, não a deixaram se reconciliar com o sono.

Inquieta saltou da cama antes do amanhecer. A mãe a olhou com insatisfação, sem notar que era seu o lenço que cobria a cabeça da filha. Mais ao sul, a mãe da noiva do meu avô, depois de cobrir a cabeça da filha com o seu lenço e desconhecendo as confluências dos destinos, enterrava no quintal uma montanha de cabelos misteriosamente desembaraçados. O sol relutava em se mostrar, o galo de ferro aguardava o primeiro grito da manhã e a mãe do novo tecelão, braços espremidos ao encontro do corpo e rosto vincado pelos maus pressentimentos, olhava para o tecido azul, exposto sobre a mesa da cozinha. O lenço de sempre cobria os seus cabelos e a chaleira já dava sinais de fervura quando o marido recompensou a espera do galo de ferro.

As tábuas do assoalho da sala rangeram sob os passos pesados e, irritado com a morosidade do coador, o pai do meu avô, ignorando a afobada aparição do filho, olhou para o queijo fresco ao lado do pão e desviou os olhos para o tecido. Franziu a testa, comeu uma grossa fatia do queijo e sem limpar os dedos, manuseou o tecido procurando nós, fios soltos e desalinhos. Sentiu a sua textura, examinou as bordas, procurou manchas e assim que desistiu da sua busca pelos defeitos, olhou nos olhos do filho, esmurrou a mesa fazendo tamborilar o queijo e gritou: "Agora você pode casar."

Foi quando o meu avô soube do compromisso assumido pelo pai. Também soube quem era a noiva, e arqueou as costas, pensou na prima e sentiu as pernas inseguras, olhou para a mãe e se sentiu só, olhou para o alto e apenas viu as camadas escuras deixadas pela fumaça do fogão. Tentou conter a lágrima, tentou, mas ruiu, enclausurado em si mesmo. Claustro herético, isento de fé, sacrifício íntimo sem a exposição das longas orações ou confecções de mantos. Isento de deuses, vingativos ou não, sem a custódia dos flagelos, só a lágrima intermitente escorrendo pela face e sendo absorvida pelos lábios.

Uma a uma, pontuais, e todas elas indiferentes ao claustro onde a noiva, além dos jejuns intermináveis e da adoração às santas, durante oito anos se recusou a pentear ou cortar os cabelos. Cresceram pouco no início da clausura, menos ainda ao longo das primeiras quaresmas, mas, assim que os primos se aproximaram, viva a interligação dos destinos, passaram a crescer tão velozes quanto despontavam as flores no jardim da tecelagem. Alcançaram os seus pés em agosto e então, refletindo os desacertos do noivo na sua luta contra os teares, cobriram-se de nós e emaranhados. Além disso, os sonhos mútuos sussurrados na tecelagem reverberaram nas aflições típicas da sua fé, e a alegria pecaminosa se imiscuiu nas orações. As velas pouco iluminaram o mundo só de pecados, e a noiva, ajoelhada, buscou refúgio sob a tenda insólita formada pelos seus cabelos. Um claustro noturno dentro do claustro de sempre, e ali, crendo-se imune aos sacrilégios alheios, para cada nó dos seus cabelos rezou um terço, agregou mais um dia aos jejuns já prometidos e implorou dez vezes aos céus o milagre de livrá-la do casamento.

Rogou às santas que fossem as suas mensageiras, e veio o dia em que o meu avô, depois de dezessete tentativas fracassadas, encontrou o azul que buscava. Assim que tingiu os fios e começou a tecer o presente da prima, refletindo a perfeição da trama, tanto os nós quanto os emaranhados da tenda insólita começaram a desaparecer. Vazou a luz, vista como um novo brilho no mundo só de pecados, vazaram as imagens das santas, mensageiras tão crédulas que se iluminaram aos olhos da noiva ao desaparecer o último nó. Certa de que havia alcançado o milagre mil vezes suplicado, pôs-se em pé e os seus cabelos, assim como o tecido azul que envolvia o corpo nu da prima, dançaram a enlaçando. Sensuais, profanos, e a fé exigiu as contrições, também os flagelos, mas apenas sentiu-se purificada ao esgotar o doloroso processo de raspar a cabeça com uma navalha cega.

O pai evitou olhar para a filha, a mãe enterrou a montanha de cabelos entre as suas flores prediletas e o meu avô, indiferente agora ao tecido azul com os restos de queijo deixados pelos dedos do pai e ainda vagando pela fuligem acumulada no teto da cozinha, tentou conter as lágrimas, tentou, mas, provando o gosto do próprio sal, mergulhou de vez no seu claustro e, ruindo, bateu as costas no fogão.

Além, perplexo com o repentino esquecimento, um padre se viu obrigado a interromper a missa matinal, houve no mundo uma avalanche de silêncios, poucas aves esvoaçaram e sob o teto escurecido da cozinha, entre a mesa e o fogão, as aflições maternas se acumularam na lentidão dos passos pesados se distanciando. Alcançaram a esquina e foi quando a mãe do meu avô se abaixou junto ao filho. Com o dorso da mão direita soube da inexistência das febres, notou o vazio no olhar ainda azul, assustou-se com a imobilidade do filho e então, expressão vincada pelos maus pressentimentos, duplicou as próprias forças e o levou para a cama. As lágrimas pontuais, assim como antes, eram absorvidas, mas agora, reforçando os pressentimentos difíceis, o azul dos olhos, que se identificavam com os seus, se escondia atrás de manchas escuras. Lembrou-se da escuridão absoluta que de tempos em tempos envolvia a aldeia e, o pior, da misteriosa saga de um dos seus ancestrais. Imediatamente se pôs em pé, determinada abriu os braços ampliando o seu espaço, jogou sobre os ombros o seu único xale e, apressada, saiu de casa pela porta da cozinha.

    Confinada há muito tempo, sem se mostrar nem mesmo à janela, deixou um rastro de surpresas por onde passou. Perguntas vazaram pelas cercas, todas respondidas quando ela voltou acompanhada da benzedeira de confiança de todos os aldeões. Confiança que se justificava: conhecedora de muitas rezas e simpatias, era capaz de curar os cobreiros mais renitentes, extirpar as lombrigas, também os quebrantos e devolver a harmonia, independente da gravidade e origem do conflito. Conhecia as boas ervas e as fórmulas dos xaropes eficientes contra as pneumonias duplas, o vício da embriaguez e a preguiça crônica. Os seus unguentos aliviavam as dores reumáticas, cicatrizavam as feridas e repeliam as moscas. Além disso, alma compassiva, compreendia os avisos do mundo e sabia interpretar as feições, tanto que ao olhar para a mãe soube que o doente era o filho. Também sendo mãe tornou-se cúmplice na angústia e se apressou, mas ao ver as lágrimas brotando intermitentes e sendo colhidas pelos lábios do meu avô, meneou a cabeça, olhou nos olhos da mãe aflita e disse que o seu filho estava se alimentando da própria tristeza. Abaixou os olhos e então afirmou que não conhecia nenhuma reza eficiente contra as erisipelas, males de amor não correspondido e tristezas de origem desconhecida.

XVIII

    Assim como as festividades da semana dedicada ao santo, a atração pelos infortúnios movimentava a aldeia. Até a pressuposição de más notícias despertava as bisbilhotices e, claro, a benzedeira não estranhou a quantidade de aldeãs à sua espera, agrupadas na frente da casa do meu avô. A sua consternação contrastava com a expectativa que seguia os seus movimentos, vagarosos, quase relutantes, mas, impelida a dividir o próprio desconcerto, meneou a cabeça.
    E todas as aldeãs sabiam que era assim que a benzedeira revelava a impossibilidade de cura. Até então jamais havia meneado a cabeça sem que o gesto não houvesse se tornado uma sentença irrevogável, tão definitiva que no mesmo momento em que a meneou todas as aldeãs se persignaram. Depois, questionada, confirmou que o doente era o filho, e se fez o silêncio das vigílias antecipadas. Mas, pouco a pouco e sempre aos sussurros, todas lamentaram o triste destino da mãe, incluindo nas suas tristezas o rigoroso confinamento. Benzeram-se outra vez, talvez solidárias, ou talvez pensando nas próprias histórias com os maridos, descendentes ou não do pastor.
    Enquanto a má notícia se espalhava pela aldeia, a mãe do meu avô, desde a saída da benzedeira e ali, sentada na

beira da cama, impedia com a ponta do xale que as lágrimas alcançassem os lábios do filho. As suas orações, esquecidas pelo desuso, não se completavam e a temperatura do quarto, decrescente, somada ao silêncio e imobilidade do meu avô, a jogavam mais e mais ao encontro da própria infância. Muitas vezes ela ouvira a sua avó materna contar que havia passado metade da sua vida temendo a presença do mais velho dos seus tios. Loiro como o ancestral marceneiro, onde quer que fosse e independente da estação do ano levava consigo os rigores do inverno. Andava com extrema dificuldade e, caso houvesse interlocutor, afirmava e reafirmava que tinha duas bolas de ferro atadas aos pés, merecido castigo pelos pecados cometidos em vidas anteriores. Dizia-se acompanhado pelo espírito de um jovem vidente que havia desaparecido sem deixar vestígios durante uma tempestade cataclísmica. Sempre assustador e espalhando os invernos, dizia ainda que assim como o vidente ele também haveria de desaparecer, mas que voltaria no momento certo para revelar um segredo que era apenas conhecido pelo fundador da aldeia e por um bispo feliz, tão feliz que havia alegrado os cristãos com as suas risadas de escândalos, recusado duas vezes o cardinalato e deixado inúmeros descendentes.

  Contrapondo-se ao nascimento do meu avô, o nascimento do ancestral que haveria de desaparecer tinha alegrado os pais. Primogênito, teve uma infância saudável, cercada de cuidados e desde cedo, além da alegria e perspicácia, mostrou o seu incontrolável fascínio pelos espinheiros. Aos cinco anos, já burlando a vigilância da mãe, refugiava-se junto à barreira e ali, navegando nas suas distâncias infantis, com os dedos desenhava na terra o contorno das sombras projetadas pelos espinheiros. Acabou privilegiando um deles e foi sob a sua sombra que praticou a leitura, dividiu e somou sem erros e se imaginou noivo da filha da professora. Rejeitado, também foi à sombra do espinheiro predileto que escreveu centenas de poemas, chorou pensando em suicídio, venceu as noites de insônia e se refugiou horas antes do casamento da noiva sonhada com um descendente do único funileiro que houve na aldeia.

Apesar do céu de aparência pacífica, sempre rara aos sábados, no exato momento em que a filha da professora entrou na igreja rescendendo a flores de laranjeira, um raio dividiu em duas partes uma árvore distante, beirou o rio iluminando as águas, avançou paralelo aos espinheiros e se esgotou tão próximo dos pés do poeta rejeitado que o susto o fez enrolar a língua. Foi salvo da asfixia pelos milagres inclusos nas tarefas a cumprir, tentou se manter em pé, ouviu vozes e foi quando o sino da igreja, sem que ninguém o badalasse, assustou o mundo com enlouquecidos repiques de alerta. E todos os participantes do casamento, incluindo o padre e os noivos, atropelaram-se para fora da igreja, e vasculharam a aldeia em busca de incêndios, o céu à procura das hordas de gafanhotos e as imediações do rio, embora estivesse distante a época dos degelos.

Seguros de que nada os ameaçava e atribuindo o enlouquecimento solitário do sino a mais uma das estranhezas da aldeia, seguiram os passos do padre e, exceto o ferreiro, todos voltaram para a igreja. A noiva se recompôs, o noivo tinha os seus motivos para apressá-la, mas entre a benção das alianças e a permissão para o beijo, inesperado como o enlouquecimento do sino e mais uma vez interrompendo a cerimônia, o grito que ecoou em todas as direções trouxe de volta os receios dos aldeões. Correram, dispersos, muitos para o limite norte da aldeia, outros para as próprias casas e alguns na direção dos espinheiros.

Tiveram dificuldade em explicar a ânsia que os levou para o sul, mas foi maior a dificuldade do ferreiro em descrever a visão que o levou a seguir sozinho na direção dos espinheiros. Jurava que ao ouvir o sino e sair da igreja apenas havia seguido um grupo de aldeões, todos gritando que era urgente socorrer o jovem atado nas bolas de ferro. Também afirmava que ao ultrapassar a última casa da aldeia, ainda pensando nas bolas de ferro, tinha perguntado para si mesmo se as suas ferramentas não seriam necessárias. Então, preocupado, olhou para trás avaliando a distância da oficina, mas foi nesse momento que um aldeão, sem mostrar o rosto, tocou levemente nas suas costas e ambos apressaram o passo. Jurava ainda que o seu grito não havia sido um pedido de auxílio e sim a voz do susto que o fez tremer ao se deparar com o jovem caído e descobrir que tinha corrido sozinho.

  Expondo-se a castigos divinos caso estivesse mentindo, também dizia que já era inverno ao redor do poeta tanto rejeitado quanto imóvel, e a sua imobilidade custou o esforço de quatro aldeões, todos munidos de casacos, cachecóis e grossas luvas de lã. Antes de colocá-lo na cama viram-se obrigados a livrá-lo de dezenas de cadernos repletos de poemas. Depois, além de ajudarem a mãe a cobrir o filho com todos os cobertores encontrados pela casa, acenderam um braseiro em cada canto do quarto. Não demorou e o poeta, transpirando uma imensidão, encharcou os primeiros cobertores, obrigando a mãe a substituí-los por mantas ou colchas. Claro: não havia como saber que o filho era imune ao frio que o rodeava e então, durante sete dias e sete noites, incansável, substituiu as cobertas molhadas pelas secas. Também tentou alimentá-lo, mil vezes cutucou a planta dos seus pés na esperança de vê-lo se mover, rezou e já se mostrava vencida pela exaustão quando o filho, abruptamente, levantou os braços se livrando dos cobertores. Saiu da cama no dia seguinte, enveredou pelas ruas arrastando os pés, levando o inverno e apregoando pela primeira vez que a aldeia desde sempre guardava um segredo.

Questionado, sempre repetia que o segredo apenas seria revelado no momento certo e, durante os vinte e sete anos que vagou de rua em rua, muitas vezes deixou, além dos rastros típicos de quem arrasta os pés, dois sulcos paralelos que só desapareciam sob a eficácia dos aguaceiros. Era quando ele reafirmava que também haveria de desaparecer e desapareceu, sem adeuses, deixar cartas ou novos poemas, durante a primeira tempestade após um longo período de seca.

A sua mãe enfim pode se livrar de todos os braseiros espalhados pela casa, e a mãe do meu avô, décadas mais tarde, ali, junto à cabeceira da cama, aparando as lágrimas do filho e vagando pelas lembranças antigas, apenas se deu conta do horário ao ouvir os passos pesados do marido chegando da lavoura. Também ouviu o soco que ele deu sobre a mesa da cozinha ao descobrir o fogão inerte, acompanhou o som determinado dos seus passos na direção do quarto, viu a porta se abrir com o vigor das raivas explosivas e foi quando ela se pôs em pé, abriu os braços se apossando do espaço e então, fera no resguardo do ninho, avançou ao encontro da porta e a bateu de volta, trancando fora o marido. Permaneceu em pé, plena, mãe, e não abaixou os braços nem mesmo ao ouvir, vazando através da porta, a luta que o pai do seu filho travava para expulsar o grito que concomitante ao inesperado desafio havia se encalacrado na sua garganta.

Foi derrotado, jamais admitiu a origem do transtorno que desde então exigia dele um esforço de herói para que as suas palavras fossem ouvidas, viu todos os seus cabelos se tornarem brancos e se manteve confinado nas suas terras durante os dias em que o filho, ainda imóvel, permaneceu sob os cuidados da mãe. Dias intermináveis assim como as lágrimas, mas veio o domingo e ainda era muito cedo quando o sino da igreja, badalado pelo coroinha, repetiu os chamamentos para a missa. Redemoinhos se multiplicavam assaltando a aldeia, ventos estranhos também, o sol se mostrava avaro e para a mãe do meu avô a insistência do sino soou como um lembrete difuso, mais difuso ainda assim que o frio se apossou do quarto. Os vidros da janela embaçaram e, ainda à distância, ecoaram os ruídos de esferas de ferro sendo arrastadas. Venceram as paredes invadindo o quarto, rodearam a cama tamborilando a cada junção das tábuas do assoalho, afastaram-se em linha reta, atravessaram a porta que se abriu sem qualquer interferência visível, invadiram a sala e, nesse momento, gestos marcados pelo ritmo lento dos sonâmbulos, a mãe do meu avô se pôs em pé e seguiu o arrasto das esferas. Ao atravessar a cozinha não espantou as moscas esvoaçantes sobre o queijo, desceu a pequena escada que a separava do quintal sem olhar para os degraus, contornou a casa, ignorou os aldeões agrupados na frente da sua casa, não respondeu aos cumprimentos daqueles que seguiam para a igreja e, sempre olhando um pouco à frente dos próprios pés, chamou mais ainda a atenção ao rumar na direção dos espinheiros.

    Todos os aldeões que a seguiram haveriam de jurar que apenas um dos espinheiros tinha a sombra contornada por um sulco, e tanto o desenho quanto a sombra se moviam precisos sob o ritmo do vento. Além da barreira o silêncio era incomum e assim que a mãe do meu avô pôs os pés sobre a sombra contornada pelo sulco, após um leve tremor, o espinheiro que projetava a sombra pendeu suavemente, expondo a raiz. O cheiro dos milagres até então apenas sentido pelo pastor rodeou os aldeões, dançou na magia dos ventos únicos, espalhou-se invadindo todas as casas da aldeia, também a igreja, e o padre, interrompendo a missa, olhou para o alto buscando no céu a compreensão dos milagres da terra.

XIX

E a mãe do meu avô, assim que colheu a raiz e a guardou entre os seios generosos, voltou para casa sem alterar a expressão ou a lentidão sonâmbula dos seus passos. Um bando de aves barulhentas atravessou a aldeia em busca do norte, um redemoinho desorientado foi ao encontro do rio e a missa se esgotou com os aldeões sendo abençoados às pressas. Assim, ao seu tempo, concluíram-se os primeiros ritos, todos previstos desde sempre, e então vieram os arranjos que fariam a vala saltar a pedra e alcançar a margem do rio.

O desamparo haveria de se apossar da aldeia, mas antes e também obediente aos ritos já previstos, a benzedeira que não conhecia rezas eficazes contra as tristezas de origem desconhecida, autoridade ali conveniente, sem disfarces rodeou a casa e se pôs sob o batente da porta da cozinha. Foi quando viu a mãe do meu avô, depois de cortar a raiz em pequenos pedaços sobre um prato de alpaca, espremê-los com um garfo, exatamente como havia feito o pastor na distante noite em que despertou para o marceneiro o mundo das operetas. Ventos inesperados sonorizaram as árvores e a boa mãe, após a dificuldade de encontrar entre as suas colheres uma que fosse de alpaca, entornou sobre ela a seiva da raiz.

O bando de aves barulhentas retornou para o centro da aldeia e a benzedeira, convencida que a mãe daria ao filho a seiva colhida, foi ao encontro dos aldeões espalhando o que havia visto. Depois, meneando a cabeça, além de expor a sua incredulidade, sugeriu que estava próxima a hora final. Aldeãs, descendentes do marceneiro, invocaram os céus dedilhando os seus terços, o padre beijou o seu grande crucifixo e a mãe do meu avô, cuidadosa, assim que depôs a cabeça do filho no colo, aparou uma das lágrimas e a substituiu por uma gota da seiva colhida. As aves até então barulhentas voaram em silêncio, os ventos cessaram, os redemoinhos se desfizeram na nascente e mais uma lágrima foi substituída. Além, muito além, finda a batalha foi assinado o armistício, um acrobata ousou um salto difícil, foi bem--sucedido, tanto quanto a mãe que viu as lágrimas do filho se esgotarem. Também viu o seu rosto pálido ganhando cor e ouviu a palha do colchão estalando no ritmo dos movimentos ainda vagarosos do meu avô. E o sono bom dos descansos necessários venceu a resistência materna e ela dormiu ali, dividindo o travesseiro do filho. Ao acordar, horas mais tarde, preocupada com o jantar espremeu os braços ao encontro do corpo e correu para a cozinha.

— Era como se os últimos dias não houvessem sido registrados na sua memória — disse o meu avô e me contou que ele, ao abrir os olhos e se deparar com a mãe deitada ao seu lado, apenas se lembrou do teto da cozinha enegrecido pela fumaça. Sentia, além do gosto desconhecido e adocicado, um estranho rebuliço interno e aos poucos, crescente o gosto e rebuliço extinto, foi como se um grosso compêndio de imagens vivas se escancarasse aos seus olhos. Viu um velho, rosto austero e barba branca, dedo em riste apontando para uma paisagem que na visão não reconheceu como sendo a sua aldeia. Também não se reconheceu no rosto do velho. Viu uma jovem morena, vestindo doze saias, ao lado de uma mulher tão velha que tinha a pele mil vezes encarquilhada. Viu um rio sem pontes, mas as águas congeladas permitiam a travessia. Toda a extensão do mundo além da margem oposta era marcada por trilhas que se cruzavam. Entre elas uma névoa espessa refletia as fagulhas de uma fogueira. Foi quando no ritmo lento dos manuseios cuidadosos o compêndio se fechou mostrando a capa repleta de escritos inelegíveis. Também foi quando o meu avô ouviu o suspiro fundo da mãe e, julgando-se vítima dos delírios, pôs-se em pé. Ao atravessar a cozinha ouviu os murmúrios que vinham da rua e então, além de imaginá-los como mais um delírio e se perguntando o que havia levado a mãe a se deitar ao seu lado, parou no primeiro degrau da escada que ligava a cozinha ao quintal.

    E foi ali que se lembrou do grito paterno decretando o seu casamento, e desceu a escada, passos fugitivos, mas os estancou ao alcançar o portão. À sua frente, aglomerados, os aldeões mostravam que os murmúrios não nasciam dos delírios. Perplexo, baixou os olhos e viu quase aos seus pés o vaso de flores, todas do jardim da tecelagem. Lembrou-se da prima e sentiu-se mais perplexo ainda ao ouvir exclamações de júbilo e agradecimentos coalhando o céu. Algumas aldeãs se ajoelharam, outras, fugindo da partilha da mesma certeza, negavam-se a olhar nos olhos das amigas, aldeões olhavam para o sul e o padre tinha a expressão de quem enfim encontrara a explicação para os milagres da terra. Repentinamente veio o silêncio típico das indecisões coletivas, alguém o rompeu e todos, liderados pela benzedeira, correram na direção dos espinheiros, inclusive o padre.

    Os atropelos foram inevitáveis, as quedas geraram blasfêmias, vizinhos de sempre se tornaram desconhecidos, anciãos descobriram a indiferença e ao meio-dia os deficientes ainda disputavam os rescaldos da barreira. Pouco depois a vala alcançou o rio, e a pedra à direita mostrou toda a sua solidão, e se extinguiram as águas do charco além da margem, e os redemoinhos se multiplicaram empoeirando mais ainda a aldeia, e do sul vieram as nuvens escuras. A chuva torrencial lavou o mundo, sementes inúteis germinaram, lobos entoaram seus cânticos e todos os aldeões, necessitados ou não, provaram o gosto das raízes. Foi quando erisipelas e infecções crônicas se esvaíram, muletas foram abandonadas, reumatismos seguiram a extinção das artrites, o extermínio das cataratas desanuviou o mundo, males de amor e maldições ancestrais se esgotaram, anciãos recuperaram as forças e aldeãs pressentiram o fim das abstinências noturnas.

As danças alegres foram inevitáveis, mas na manhã seguinte, duas aldeãs que através da cerca comentavam os acontecimentos da véspera, entreolharam-se movidas por uma imensa curiosidade. Para ambas, o rosto além da cerca serviu de espelho para as próprias rugas, histórias antigas vazaram da memória, histórias do presente se revelaram idênticas às antigas, e os sonhos do passado continuavam à espera. Desviaram os olhos para a cerca que as separava, tão imutável quanto a aldeia com a sua igreja depositária das culpas, do seu santo guardião e das suas casas que pouco se distinguiam nas ruas empoeiradas. Até as árvores eram as de sempre e de tão antigas e constantes as flores não eram mais notadas. E veio a desesperança. Contagiosa, atravessou todas as cercas, desrespeitou portas, invadiu pastos, também as lavouras e depois, despertando o desamparo, vasculhou toda a vala aberta na véspera. A aldeia se tornou mais quieta, as florações mais difíceis, as badaladas do sino se tornaram lamentos e as aves noturnas se empoleiraram em todos os telhados. Os uivos dos redemoinhos se fizeram audíveis, os ventos gelados do sul mais constantes e assim que uma aldeã jurou ter visto vultos estranhos e madrugadores vagando pela aldeia, o pároco de então, recitando as orações inclusas nos livros de capa preta do exorcista, passou a aspergir água benta na vala recém--aberta.

XX

Os aldeões ainda exterminavam os espinheiros quando o meu avô se viu enredado numa teia quase intransponível de perguntas sem resposta. Lembrava-se do último grito paterno, também do teto esfumaçado da cozinha e, sem suspeitar que a houvesse vivido, lembrava-se de uma névoa densa, pegajosa e atemporal. As imagens extraídas do compêndio ainda eram tão vivas quanto o gosto desconhecido e adocicado que vibrava na sua boca. Saboreando-o se perguntava qual era a sua origem e, repetidas vezes, alheio às lembranças perguntou para si mesmo o que tinha levado os aldeões à debandada e sua mãe ao ineditismo de se deitar ao seu lado.

Foi a prima quem as respondeu, mas antes, assim que o gosto desapareceu por completo, o meu avô se assustou ao descobrir a sua imaginação fluindo entre saltos, sobressaltos e acúmulo de variantes. Nas horas que se seguiram, crescentes os efeitos secundários da raiz, tornou-se impossível a concentração em um só pensamento. As lembranças se confundiam com invenções suspeitas e até a mais simples das tarefas se concluía aos solavancos.

Vieram então os exaustivos exercícios em busca da concentração perdida, todos eles baseados no corpo nu da prima. Sem a necessidade de esforços extraordinários conseguia imaginá-lo ali na sua cama e então, olhos fechados, lutava contra a multidão de outras imagens se concentrando nos seios que o enlouqueciam, ou nas coxas calorosas que incendiavam as suas. Veio o dia que se descobriu excitado e sorriu, convencido que embora precário havia alcançado o equilíbrio. Foi quando, sem um único esteio que o pusesse a salvo da submissão, viu-se às voltas com a difícil tarefa de contar para a prima a sua sujeição ao compromisso feito em seu nome pelo pai. O seu desejo era se expor sem mentiras ou subterfúgios, mas temia se confrontar com as soluções radicais, típicas do temperamento resoluto e sempre desafiante da prima. Inseguro, enveredou por aflições tão distintas que ao mesmo tempo em que ansiava ver a porta da tecelagem se abrindo sorrateira a desejava inviolável, presa ao batente por sete fechaduras e duas trancas. Procurava nas suas roupas o perfume da prima e o rejeitava ao encontrá-lo, temia que ela fosse vista atravessando a rua e desejava aos tios mil noites de insônia.

Mas era ele quem, insone, atravessava a noite na busca de uma confissão alternativa. Toda manhã, livre agora dos gritos paternos, permanecia deitado até que os sons costumeiros dos passos do pai seguissem o seu rumo. Era quando reencontrava o desejo de falar a verdade e então, esquecido da solução encontrada horas antes, saltava da cama, íntegro, jurando que à noite se exporia sem qualquer ressalva. Abria a tecelagem, cabeça erguida, consciência limpa, determinado, e se perdia emaranhando os fios, e espreitava a janela frontal à sua, e sem sucesso lutava contra as aflições conflitantes e à noite, colhendo os beijos da prima, adiava a confissão para a noite seguinte.

— Não demorou e me arrependi dos adiamentos — disse o meu avô e me contou que na manhã em que soube que era noivo, como em todas as manhãs e no horário de sempre, burlando a vigilância materna a prima espiou pela fresta da veneziana e se surpreendeu ao ver a tecelagem ainda fechada. Horas depois e já entregue à preocupação, olhou pela décima vez, meneou a cabeça e buscando se certificar do horário olhou para o ruidoso relógio da sala. Foi quando notou que o pêndulo ainda há pouco se movimentando com a regularidade de sempre, diminuía gradativamente a amplitude dos seus avanços. Lembrou-se que já havia cumprido o ritual de realimentar a corda do relógio, olhou para os ponteiros e nesse momento, exatamente nesse momento ela ouviu um ruído estranho e o pêndulo parou de vez. O silêncio invadiu a sala, mas durou pouco: a voz estridente da vizinha, atravessando a cerca, aço, fogo, alma ao avesso, alegrou a tia noticiando que o seu sobrinho, falso tecelão, tinha sido desenganado pela benzedeira.

Apesar das vozes e ruídos externos, a sala recuperou o silêncio, e a prima olhou para o pêndulo se recusando a vê-lo através das crendices que ligavam os infortúnios irreparáveis às repentinas paradas dos relógios. E então, emoções em desordem, escancarou a cortina e a janela desafiando a ordem materna, mas não desafiou os céus como era o seu hábito quando contrariada. Contrapondo-se à concessão baixou os olhos e depois, pensando em ir para o seu quarto, viu-se na cozinha. Voltou para a sala, esbarrou na mesa, irritou-se com o relógio, também com a mãe, olhou através da janela escancarada e foi para o quintal. Caminhou duas vezes ao redor de cada árvore, irritou-se com a cerca infelicitada pelo acúmulo de más notícias, voltou para a sala evitando olhar para o relógio, fechou a cortina, foi para o seu quarto e saltou pela janela. Cabisbaixa e irritada com a ausência do pai embora a sua presença jamais tivesse sido importante, rodeou a casa, entrou pela cozinha, foi até a sala, reabriu a cortina e reiniciou a caminhada, apenas evitando o esbarrão na mesa. No início da noite inverteu a direção dos passos, retomou o trajeto anterior na manhã seguinte, e assim, dividindo a sua irritação entre o pai e a mãe, somente soube que era domingo ao ouvir os sinos convocando os aldeões para a missa. Repetiram-se e a prima não se conteve: foi até a sala, apoiou-se no batente da janela para melhor desafiar os céus, mas antes se deparou com a luminosidade que rodeava todas as flores do jardim da tecelagem.

Além, muito além, mil homens se entreolharam abençoados pela paz que não se explica, e ali na sua janela, comovida, a prima soube que as auréolas de luz irradiadas pelas flores eram as bênçãos dos bons augúrios. Vieram as lágrimas até então negadas, escorreram livres, purificadas, e o pêndulo do relógio, espontâneo, pôs-se em movimento transformando os augúrios na certeza do milagre. Cessaram as lágrimas, mil auréolas se esconderam entre as pétalas e outras mil se concentraram ao redor das doze flores mais próximas da janela da tecelagem. Além, muito além, casais se abraçaram no exato momento em que a prima colheu as doze flores. Uma a uma as organizou em um vaso azul e depois, indiferente aos aldeões e sentindo no próprio peito o abraço dos casais distantes, depositou o vaso junto ao portão da casa do primo.

Mas a indiferença não foi mútua. Algumas aldeãs, inspiradas na conhecida rebeldia da prima, transformaram o vaso nos indícios de um comportamento suspeito. Tornou-se reprovável na travessia das primeiras cercas e pecaminoso antes de alcançar a última casa da aldeia. Retornou pelas ruas paralelas, alcançou as plantações alimentando a imaginação dos homens e na manhã de um sábado, dia sempre propício para as desatenções e inconfidências, chegou aos ouvidos do pai do meu avô. Imediatamente entendeu a inspiração que havia levado o filho para as tramas, e não só dos fios. Blasfemou no seu tom de voz agora quase inaudível, maldisse a mulher e mais ainda o filho pelo envolvimento com a filha loira de um pai inimigo. Apenas se acalmou no fim da tarde e então, decidido a esgarçar a trama, pôs-se à espreita.

E foi um pouco antes da meia-noite da segunda-feira que surpreendeu os primos, ambos nus sobre um fardo de algodão. Ao vê-lo, o meu avô se encolheu, pequeno na sua indisfarçável submissão, e a prima, avaliando a reação do primo, por um instante permaneceu imóvel, assim como quem reexamina a própria perplexidade. Depois, como sempre fiel a si mesma, pôs-se em pé e, linda e nua, olhou nos olhos do meu avô e disse que na aldeia não eram só as mulheres o mau exemplo.

XXI

A prima nunca mais foi vista na aldeia e o seu desaparecimento, coincidente com o anúncio do casamento do meu avô, além de incendiar as cercas com suposições tórridas, reavivou a memória das aldeãs. Muito se comentou então sobre a noiva, também sobre a sua fé, e vieram as incertezas sobre o ano exato em que ela havia ingerido as três contas de um só terço. Fizeram cálculos, citaram como comparação a data do nascimento dos filhos, a fartura e miséria das colheitas e os transtornos do velho tecelão.

O consenso foi impossível, mas a memória das aldeãs estava destravada, e uma delas, logo após as orações noturnas de uma quinta-feira, dia sempre propício para as perguntas intrigantes, perguntou o que afinal tinha sido feito com o terço sem as três contas. Vieram então as suposições, incluindo arrebatamentos, confisco pelo padre, incineração no meio de uma montanha de cabelos, ingestão de uma nova conta a cada ano de clausura e guardião da aldeia, apesar do desamparo que a envolvia desde o extermínio dos espinheiros. No domingo o padre negou o confisco, decretou impossível o arrebatamento e abençoou as aldeãs com visível má vontade. Horas depois a mais velha entre as aldeãs foi vista saindo da casa da noiva e ao ser questionada, embora nada soubesse sobre os arranjos do casamento, primeiro sorriu e depois, expressão de coruja sábia e sempre disposta a revelar as próprias conclusões, afirmou que a futura mulher do meu avô entraria na igreja amparada pelo pai e levando nas mãos o terço incompleto.

No final da tarde até as aldeãs menos beatas já acreditavam que a exposição do terço seria uma bênção para todas. E veio o sábado, dia sempre propício para as desatenções, inconfidências e casamentos, e os aldeões se espremeram na igreja, o sol se pôs mais cedo e a noiva, amparada pelo pai, além do véu espesso cobrindo o seu rosto, foi na direção do altar trazendo nas mãos uma longa fita preta com dezenas de medalhas de santas atadas nas suas bordas.

— Os seus passos tinham a cadência dos cortejos fúnebres — disse o meu avô e contou que no início da noite da sexta-feira, véspera do seu casamento, ao entrar em casa viu a mãe à frente do jantar intocado, cotovelos apoiados na mesa e mãos escondendo o rosto. Viu as brasas ainda aquecendo a chapa do fogão e a fumaça martirizando o teto. Estranhou a ausência do pai, viu na postura da mãe o desejo de não antecipar más surpresas através da expressão e perguntou para si mesmo se o casamento já não era um castigo mais do que suficiente.

Não era: o claustro da noiva havia invadido o seu quarto. Dez oratórios, decorando as paredes, ostentavam duas santas cada um. Os mantos azuis alcançavam os pés das imagens e quatro incensários, um em cada confluência das paredes, inundavam o mundo com o cheiro das igrejas. Sobre a metade direita da cama agrupavam-se em filas distintas dezenas de livros sacros, escapulários, outras imagens, terços e frascos de água benta. Duas gravuras, retratando anjos esvoaçantes, vigiavam a cabeceira da cama e na parede oposta dez caixas de velas, também outras dez com véus, mantos azuis e fitas pretas, empilhavam-se numa simetria perfeita. Ao lado direito das caixas um genuflexório envernizado refletia a luz das velas votivas que tremulavam ao seu redor.

    O meu avô abriu os braços se refletindo no grande crucifixo, impassível entre os anjos esvoaçantes. Em seguida, impossível resistir ao peso do próprio desconcerto, sentou-se na cama, braços e olhos em busca do chão. As tábuas do assoalho desenhavam retas, acompanhou uma delas até a base da parede, levantou os olhos, viu a janela de tantas fugas noturnas e se lembrou da prima, linda e nua o olhando com desdém. Sentiu vergonha de si mesmo, cerrou os punhos, se pôs em pé e abriu a janela, espaço de fuga, rumos convenientes da rebelião, mas ao se preparar para saltá-la viu o pai, passos pesados, caminhando pelo quintal. Abriu as mãos, fechou a janela e, transferindo a sujeição, naufragou as velas votivas no azeite que as mantinha acesas. Limpou os dedos na colcha, desalinhou a simetria das caixas amontoando sobre elas a parafernália religiosa que atravancava a cama e deitou-se, sem tirar a roupa e as botinas.

    O sono, talvez assim estivesse escrito na capa do grosso compêndio, veio ligeiro, trazendo o pesadelo. Nele, anjos austeros reacendiam as velas votivas e a prima, carregando uma tocha, incendiava as manchas do azeite que agora, escorrendo da colcha, invadia o lençol. O fogo se alastrava ao encontro do lado esquerdo da cama, e o meu avô, incapaz de fugir, gritava implorando ao pai que apagasse o incêndio. Acordava repetindo para si mesmo a recusa paterna e então, veloz como o sono que o vencia, ressurgiam os anjos, a prima e o incêndio. Despertou de vez antes do nascer do sol, olhou para a janela, mas ao descobrir que as manchas de azeite haviam desaparecido, entregou-se ao inevitável.

— Casei — resmungou o meu avô, sorriu depois de um longo silêncio e me contou que após o casamento sem beijos, chuvas de arroz, danças ou vinho, lembrando-se do pesadelo, precaveu-se deitando no lado oposto da cama. Mas o seu desconforto ia além: ali, entre os oratórios e as suas santas, objetos sacros e a inevitabilidade do ritual típico da noite de núpcias, até de olhos fechados sentia-se como um missionário obrigado a abençoar os pecados. O cheiro de incenso e o brilho trêmulo das velas votivas pairavam pelo quarto e a noiva, ajoelhando-se aos pés de cada um dos seus oratórios, murmurava longas orações. Já havia substituído o vestido branco por uma camisola de gola alta, mangas que ultrapassavam o comprimento dos braços e feita com o tecido rude dos penitentes. A fita negra coberta de medalhas estava amarrada à sua cintura e no centro da camisola, discreta e arredondada, uma abertura expunha os limites para a consumação do ritual.

E foi essa abertura que isentou o meu avô dos desconfortos. Ao vê-la imaginou a dificuldade que teria e então, elaborando meios para vencê-la, entregou-se à própria encenação e se viu malabarista no desempenho das mãos e maleável na criação de posições inéditas, todas prazerosas. Fechou os olhos se antecipando à conquista, abriu as pernas tumultuando a palha do colchão, abriu os olhos e ao olhar para a mulher viu danças nos movimentos da camisola, e dançou junto imaginando coxas roliças e seios firmes.

Imaginou mais, e a mulher, esgotadas as orações sob os oratórios, ajoelhou-se no genuflexório exibindo a planta dos pés. Ambas rosadas e na planta esquerda uma mancha de nascença tinha o seu lado maior voltado para o calcanhar.

— Nem sob o efeito da raiz eu podia imaginar — sem completar o pensamento e expressão enigmática, o meu avô retomou a expressão de narrador e me contou que após as infindáveis orações ajoelhada no genuflexório e de ter se persignado dez vezes, a mulher tirou de uma das caixas vinte fitas pretas e, uma a uma, vendou todas as santas. Com o véu espesso que escondia o seu rosto durante o casamento cobriu o crucifixo, tirou da cintura a fita, reverenciou as santas com beijos contritos, repôs sobre a cabeça o arranjo com flores de laranjeira e só então, murmurando uma oração para a santa padroeira das boas fecundações, fechou os olhos e se deitou, mãos cerradas, nariz apontando para o teto e pernas levemente abertas.

Foi quando, enfim, mostrou o rosto. As suas sobrancelhas, livres dos cuidados profanos, contrastavam-se com os lábios tão bem delineados que mesmo movidos pelo ritmo da prece havia neles a sensualidade das pagãs. A sua pele era clara, livre das imperfeições, e o queixo afilado, apontando para a junção dos seios, convidava o olhar para um passeio cobiçoso. O aroma das flores do arranjo misturava-se aos cheiros naturais da mulher, e as mãos do meu avô, acompanhando o passeio do olhar, afagaram os seios moldados pela camisola, descobriram o côncavo do ventre, também as sutilezas da cintura e depois, sem ressalvas ou pudor, invadiram a abertura sobre o melhor dos esconderijos.

E as mãos do tecelão, além do manto de pelos, colheram a indiferença da mulher. Imobilizaram-se silenciando a palha do colchão, e veio o inconformismo, cresceu exigindo compensações, e as mãos buscaram as coxas e os dedos assim como dentes generosos as morderam. Encontraram a barra do pano rude, subiram se incandescendo na pele morna, agitaram-se no manto de pelos, e os lábios do marido buscaram os seios da mulher, e os dentes se tornaram dedos e os mordiscaram, suaves. Desceram, rodearam os joelhos rijos, e trilharam os caminhos das coxas, famintos, indecorosos, e veio o inútil gosto das amêndoas doces e o impassível espelho sem reflexos. Meia nau evitando o naufrágio, membros retesados, um deles pulsando, raivoso exigindo satisfação, e que a fêmea fosse apenas receptáculo. Veio a escalada e foi quando o dedão direito do pé do meu avô tocou na mancha de nascença da planta do pé esquerdo da mulher. Fogo que se livra dos deuses e o corpo até então inerte, meia nau que submerge, clemente se fez um arco sobre a cama. Desmoronou e no ritmo enlouquecido da sua ânsia, amante, ela se livrou da camisola, também do terço incompleto que se escondia sob a gola alta. Agarrou-se ao marido, e as velas votivas naufragaram na junção dos corpos, e as aflições dos sentidos ignoraram as contas do terço espalhadas pelo chão, e as flores brancas do arranjo se avermelharam e a mulher conheceu o prazer.

XXII

O domingo amanheceu nublado e os ventos do sul traziam os cheiros das chuvas fortes. Embora até as aves se refugiassem, aldeãs atentas aos relógios vestiam as suas roupas escuras e todas as beatas, antecipando-se aos chamamentos dos sinos, já estavam na igreja. Poucas chaminés se mostravam ativas e as luzes de alguns lampiões, vazando pelos desvãos das janelas, acrescentavam à aldeia uma nova melancolia.

Nada era incomum, nem mesmo a agressividade do pai do meu avô que também precedendo os sinos, irritação aflorada talvez pelos escandalosos ruídos noturnos e incapaz de gritar, socou a mesa da cozinha, espantando as moscas e fazendo dançar o queijo. Assustado, assim como nas manhãs em que era acordado aos gritos, o filho saltou da cama e sentiu sob a planta do pé direito uma das contas do terço antes incompleto e agora desfeito. A violência sobre a mesa e a aspereza da conta o fizeram lembrar-se dos grãos de milho que esfolavam os seus joelhos ao longo dos castigos humilhantes. Foi imediato: refletindo a má lembrança pressionou o pé, rompendo a conta.

Também o sono da mulher, e ela se ergueu sobre a cama, pisoteou o colchão, impiedosa, olhos arregalados, visionários, atentos aos fantasmas de sempre. E ainda ali, sobre a cama, olhou para o teto e ergueu os braços, mãos espalmadas e então, voz dos pedintes, implorou para si mesma as dez punições previstas no antiquíssimo código sobre os pecados das cortesãs. Depois, peregrinando pelo quarto, declamou os esconjuros dos exorcistas, despejou dois frascos de água benta ao redor das paredes e acendeu seis velas organizadas em forma de cruz a cada lado do genuflexório. Outra vez olhou para o teto, persignou-se e em seguida, braços espremidos ao encontro do ventre, jogou-se de joelhos, baixou a cabeça até encostar a testa no chão, e o meu avô, acompanhando os movimentos da mulher, pressionou a conta rompida, ferindo o pé.

— A água benta faz milagres — disse e então me contou que se aproximou da janela deixando um rastro úmido. Apoiou-se no parapeito e olhou para o quintal sem se esconder da própria frustração: antes de dormir e ainda vagando pelos cheiros das amêndoas doces, havia imaginado que a mulher, ardendo nos seus braços, houvesse incinerado de vez as três contas que tinha ingerido. Chegara a imaginar o quarto sem oratórios e a cama sempre convidativa. Também, sempre vocacionado aos sonhos e tão infeliz que se agarrava a qualquer trilha que o pusesse além, vira-se próximo de uma vida sem sustos ou esconderijos. Mas não, horas depois, ali estava ele outra vez mergulhado na frustração, outra vez sentindo-se presidiário dos pesadelos alheios. Irritou-se e a sua irritação foi tão plena e sincera que se afastou da janela e atravessou a porta esquecido que tudo o que vestia era a ceroula. Voltou só depois de avaliar a expressão materna, vestiu-se às pressas, calçou as botinas mal cuidadas e saiu de casa pela porta da frente.

  Os ventos do sul sopravam incansáveis, nuvens negras avançavam sobre a aldeia e os aldeões, apressados, voltavam da igreja. A princípio sem rumo, vendo os aldeões e evitando encontros, o meu avô virou a primeira esquina e seguiu para a tecelagem. Acendeu o lampião e, fadado aos martírios, sentou-se no fardo de algodão que servira de cama e palco para o flagrante paterno. Lembrou-se da prima e das suas descrenças, todas honestas, mas também se lembrou das suas crenças, resumidas na corajosa fidelidade a si mesma. Pôs-se em pé antes que brotassem as comparações e talvez se encolhesse novamente, mas, inevitável, recobrou a vergonha que havia sentido e então gritou e gritou, assim como se fosse possível expulsar o desafeto que sentia por si mesmo. Depois chorou, cabeça apoiada na janela de tantas esperas.

Além, muito além, homens até então mascarados, embora ainda tímidos, revelaram o próprio rosto. Um teatro de marionetes desencantou as crianças, e o meu avô apagou o lampião e saiu da tecelagem pensando em vagar a esmo. A caminhada foi curta: os ventos, agora enfurecidos, submetiam as árvores. Copas se desfolhavam e se reerguiam, insistentes, coragem além dos desafios. Raios também as ameaçavam e o pó acortinava as ruas, feria os olhos, e o tecelão lamentou ter saído da tecelagem, e o homem recém-casado, próximo e dando as costas para os ventos, correu para a sua casa. Preso ao hábito entrou pela porta da cozinha e o pai não o encarou franzindo a testa. Também não o repreendeu por ter aberto a porta permitindo a entrada do vento. A mesa se poupou de uma nova violência, as moscas sobre o queijo fresco ignoraram a fúria explosiva dos trovões, e o filho, sem pensar no inédito comportamento paterno, assim que abriu a porta do seu quarto, julgando que os incêndios do seu pesadelo agora eram reais, recuou para o centro da sala. Cauteloso reaproximou-se da porta e então, atento e superando a imaginação, viu a infinidade de velas acesas sobre a cama, compostas na forma de uma cruz que alcançava as quatro laterais do colchão. Livros sacros, terços e escapulários as rodeavam e as santas nos seus oratórios, agora sem venda, ouviam os esconjuros da mulher expulsando os demônios das tentações que ela supunha infestando a cama. Entre os esconjuros se ajoelhava pedindo perdão pelo pecado da luxúria, e flagelava as próprias costas extraindo da dor a superação do prazer sentido, e se prometia jejuns continuados, penitências sem fim e negativas do seu corpo ao longo de quarenta vezes quarenta dias, ou até que os anjos tocassem as suas trombetas exigindo a fecundação.

    E ali, bem ali sob o batente da porta, imaginação e memória desencadeadas, socos sobre a mesa impediram os anjos de soprarem as suas trombetas e incentivaram os incêndios. Nenhum socorro, nem mesmo um sopro, nada que espantasse os incêndios, menos ainda os castigos humilhantes ou o sal infeliz sobre os vergões deixados pelo relho, muitas vezes. Ali, um vaso de flores trazendo a dor contraditória, socorro e acusação, o fardo de algodão encolhido e o sorriso de desdém. E ali o galo de ferro, assíduo assistente de tantos castigos, sem joelhos para esfolar no milho ou contas para ferir os pés, também sorriu. Depois girou tresloucado, submisso ao seu eixo, e tresloucado se imaginou dono de grandes asas e então, ainda submisso ao eixo, desesperou-se tentando seguir os rumos dos ventos. Ferro, eixo desde sempre visto como irremovível, e agora o vento, o dom das asas tão fortes quanto o eixo, e na angústia das asas o íntimo desejo de socorro. Nada, ninguém além dele mesmo, e o meu avô, indiferente aos anjos loiros das duas gravuras que escondiam os cachos dos cabelos, socorrendo o galo julgou possível voar através da janela.

    E a escancarou, mas imediatamente e superando a intenção do voo, a violência do vento inundou o quarto, também a casa e fez todas as portas baterem. As louças, as moscas sobre a mesa da cozinha e as cinzas do fogão, submetidas se fingiram de redemoinhos. A mesa da sala se despiu dos seus enfeites e houve tumulto entre as cadeiras. Duas delas tombaram, e no quarto foram os demônios das tentações que se encolheram. Os mantos azuis voaram e as santas, agora nuas, acompanhadas dos oratórios vieram abaixo. Cacos se misturaram às velas, caixas exibiram o conteúdo, livros sacros se livraram de mil textos antigos no voo das folhas, e a mulher, náufraga de água benta e chuva, livrou-se da camisola e se submeteu ao flagelo do dilúvio ajoelhando-se de frente para a janela.

 Foi quando o meu avô saiu do quarto, e atravessou a cozinha ignorando o pai, e escancarou a porta, e sem olhar para trás saiu de casa, deixando a porta aberta.

XXIII

Durante dias os aldeões se ocuparam recolhendo rescaldos e lamentando os estragos que a tempestade havia feito nas lavouras. Triplicaram-se as aspersões diárias de água benta sobre a vala, mutirões foram organizados e ainda repunham telhados quando chegou à aldeia um jovem alto, magro e costas curvadas. Era acompanhado por uma mula lenta, dois grandes baús e de um cachorro sem nome e pouco obediente. Apesar das pernas longas era tão lento quanto a mula, mas, contrastando com a lentidão das pernas, revelava as mãos ágeis através do seu permanente desentendimento com o chapéu, sempre em dúvida se o mantinha junto ao peito ou na cabeça. Além disso, tímido ou vítima de constantes vácuos de raciocínio, exigiu dos aldeões a junção de fragmentos de muitas conversas para que descobrissem que ele era alfaiate, recém-casado, pretendia se instalar na aldeia e que a sua mulher, exímia em todos os bordados, viria ao seu encontro assim que fossem concluídos todos os arranjos necessários para a mudança definitiva.

Abrigou-se temporariamente na casa paroquial e foi a conselho do padre que ele procurou uma viúva sem filhos, beata e dona de uma casa proporcional ao tamanho da sua solidão. Foi recebido com cordialidade, mas a mulher quase o expulsou ao juntar fragmentos que a levaram às más interpretações. Tentou se explicar melhor, não conseguiu e o pároco se livrou do hóspede ao interferir, explicando com clareza para a viúva que o alfaiate era casado e sua única intenção, bastante decente, era alugar alguns cômodos da sua casa.

— Mas a dificuldade de se expressar do alfaiate era compensada pela perfeição dos seus ternos e pela beleza da sua mulher — disse o meu avô e me contou que na manhã seguinte à sua noite de núpcias, ao sair de casa sem olhar para trás e fechar a porta, sem forças para enfrentar a tempestade se deixou levar pela direção dos ventos, todos soprando ao encontro da tecelagem. Felicitou-se ao descobri-la livre de estragos, limpou o cômodo que o velho tecelão usava como quarto e nos dias que se seguiram ouviu os passos pesados do pai até nos silenciosos movimentos dos teares. Os sobressaltos o jogavam ao encontro da submissão enraizada a relho e castigos. Ainda os sentia, mas as dores agora imaginárias eram amenizadas pela lembrança da mulher ajoelhada, flagelando-se na frente da janela. Era quando, agarrado à lembrança, jurava que jamais se encolheria outra vez.

O juramento seria posto à prova, mas antes e aos poucos os sobressaltos se esgotaram. Os teares então ativos teceram pequenas magias, tecidos leves e nas cores das flores do jardim. Era nele que à noite, caminhando entre os canteiros, o meu avô se entregava à imaginação e, sempre reafirmando que ele já era triste ali na sua aldeia via-se além, muito além das terras altas. Às vezes imaginava a prima atravessando a rua, sorridente e orgulhosa, e voavam, parceiros das boas danças, além dos desolados horizontes do norte. Depois se reencontrava com a cama incômoda e solitária, também com a insatisfação que apenas se refugiava nos movimentos dos teares.

Todos os dias era visitado pela mãe, e ela, sempre silenciosa e com a irritante expressão de neutralidade, depunha sobre uma pequena mesa a vigorosa marmita e as roupas limpas, recolhia as usadas, a marmita da véspera, olhava para o filho se certificando do seu bom estado e saía, simples e discreta. Além das visitas maternas e desde o suspeito desaparecimento da prima, a tecelagem era visitada por jovens aldeãs, sempre em grupos e talvez mais curiosas do que em busca de um tecido novo. A visitação cresceu após o naufrágio do casamento. Foi quando, também em grupos, as mães passaram a acompanhar as filhas. Talvez farejassem histórias, mas se esbarrando na discrição do meu avô o provocavam comentando os fatos que então animavam a aldeia, desde os mais simples como a vinda do bispo para ministrar a crisma até as suspeitas maldosas envolvendo nascimentos prematuros.

A briga dos casais, claro, era o assunto predileto, e foi às vésperas da festiva semana dedicada ao santo que o meu avô soube que a mulher do alfaiate, dias depois de chegar à aldeia, dera um nome estranho para o cachorro que viera acompanhando o marido. Também soube que ela o acostumara a dormir na cama do casal, criando assim as suspeitas de que as indecisões do alfaiate não se limitavam ao chapéu. Soube ainda que a mulher ignorava as vizinhas, espionava o marido enquanto ele tomava as medidas dos aldeões mais novos e em seguida, durante horas, nua se exibia para o espelho. Os seus bordados, tão primorosos quanto bisbilhotados pela viúva, retratavam cenas que jamais seriam contadas para as crianças. Além disso, escandalizava as aldeãs com os seus vestidos tão justos que desenhavam a perfeição, infernizava os homens ao longo das suas caminhadas e todos os dias, desde a manhã em que vira o jovem tecelão regando o jardim, parava à frente da tecelagem admirando as flores. Às vezes movimentava as mãos assim como se estivesse criando um novo bordado, mas todos os dias, indiferente às bisbilhotices, colhia uma flor e a acomodava entre os seios.

Em agosto o meu avô notou que a expressão materna passou a refletir um pressentimento insistente. Os seus olhos tinham o brilho das lágrimas escondidas, olhava pela segunda vez para o filho antes de abrir a porta e saía da tecelagem com a lentidão de quem não deseja ir embora.

— Ambos os olhares eram carregados de bênçãos — disse o meu avô e então me contou que também foi em agosto que a mulher do alfaiate, depois de expulsar o cachorro do quarto, reuniu todos os seus bastidores e agulhas. Separou as linhas desprezando as brancas, afofou a almofada que amenizava os incômodos do espaldar da cadeira, sentou e então surgiram bordados que mostravam pétalas em forma de lábios e seios cobertos de flores. Tanto os lábios quanto os seios se destacavam entre vermelhos vibrantes e amarelos que realçavam o verde, uma mistura de água e musgo que escorria sobre as grades ou os muros que completavam a composição. Veio setembro e os bordados perderam as flores, e os seios agora nada mais eram do que uma sugestão, quase esquecida, assim como os muros e as grades. Os vermelhos, amarelos e verdes agora se contorciam entrelaçados, entregas ou abraços movidos pelos desvarios. E os desvarios venceram os limites dos bastidores, ganharam alma no corpo carente, e a mulher quebrou todas as suas agulhas, amarrou as linhas restantes nas brancas que havia desprezado, deteve-se por um momento na mistura das cores e saiu de casa, pela primeira vez sem trocar de roupa ou se examinar no espelho. Atravessou a praça arrastando o amarrado de linhas, ignorou as cercas e janelas, também os homens, todos com a atenção dividida entre as danças das suas ancas e o arrasto das linhas, dobrou a esquina, apressou os passos, invadiu a tecelagem e, intempestiva, foi na direção do meu avô com a visível intenção de enrodilhá-lo nas linhas. O espanto foi maior do que a indecisão, um segundo inteiro, doze consequências prováveis, apenas uma atraente, e o tecelão, expressando a recusa, refugiou-se atrás de um dos teares. Foi quando a bordadeira se desvencilhou das linhas, também das suas roupas e então, vencida pelos delírios, jogou sobre o corpo nu todas as tintas prontas que encontrou na tecelagem. Os vermelhos abraçaram os amarelos, e se escorreram pelos verdes criando novos tons, e a mulher, assim que se postou entre os batentes de uma porta, gritou e gritou que era um bordado vivo. Depois, gritando mais alto ainda, enumerou os bordados que comporia com o tecelão. Um a um, e os gritos, reverberando pelo galo de ferro, ultrapassaram cercas e fluíram através das janelas, alertando a aldeia. Cachorros latiram, mães fizeram coro com os gritos chamando os filhos, ninguém jamais soube quem badalou os sinos, e o meu avô, agora paralisado pelas aflições, além de se lembrar do pai, do alfaiate e das suas tesouras, descobriu o peso das explicações difíceis. Abriu os braços rompendo a imobilidade, e dos cabelos da mulher escorriam vermelhos, nenhum azul, e das ruas também vinham gritos, alucinantes, vermelhos, isentos de mãos amigas, ninguém, nem mesmo o milagre de uma tempestade repentina. Repentinos apenas foram os vultos que se acumularam na janela da tecelagem, escuros, assustadores, pesados de histórias antigas, todas sobre o menino loiro que foi expulso das terras do próprio pai, andarilho desocupado, perdição de uma prima bem criada e de uma jovem santa. "E agora fez o quê?", gritou uma aldeã, e o interior da tecelagem se torturou com os novos gritos, e a interminável ladainha da bordadeira se tornou incompreensível, e os gestos além da janela se tornaram mais explícitos, os vultos mais escuros e o meu avô, submisso aos impulsos do medo, fugiu saltando o muro dos fundos da tecelagem. E correu nos rumos do norte pensando apenas em se livrar dos vultos e dos gritos. Ao atravessar a praça ainda os ouvia, alcançou a pequena ponte de madeira e então, indeciso, olhou para a mata entre a estrada e a margem do rio, também para a campina do lado oposto. Trilhas paralelas, ambas desembocando nos esconderijos de tantas fugas imaginárias, nichos do herói que vencia o rei.

— Herói — resmungou o meu avô e então me contou que ele, recusando-se a buscar os esconderijos que serviram de palco para os seus sonhos heróicos, enveredou pela estrada, passos rápidos, ao encontro do agrupamento de árvores, ali aonde todas as tardes, herói derrotado na batalha final, preparava-se para enfrentar a vespertina fúria paterna. Era sempre assim, e embora houvesse na fuga a inversão dos rumos, as angústias e temores eram os mesmos. Pior: antes havia a certeza dos cantos escuros, ou dos castigos e agora, proibida a proteção da tecelagem, havia a insegurança sobre o próximo passo. Herói sem espada ou asas, inocente, culpado nos pesadelos alheios, mais um, viriam outros e o meu avô, ofegante, sob a sombra das árvores buscou a proteção dos arbustos. Esticou as pernas e foi quando teve a sensação que era observado. Imediatamente as encolheu, também os ombros, e cuidadoso moveu mais os olhos do que a cabeça procurando sombras suspeitas entre as sombras das árvores. Também procurou movimentos contrários ao vento nos arbustos e folhagens. Nada viu que o obrigasse a olhar duas vezes e então, lentamente, levantou a cabeça, recusando-se a olhar na direção da aldeia.

Era agosto, o sol brincava de luz e sombras também entre os desolados horizontes do norte, todos eles isentos de lembranças, talvez ainda vivos nos rumos da prima heróica, altiva, orgulhosa de si mesma dançando as boas danças além, muito além, em um mundo aonde os galos de ferro eram apenas enfeites. Ali, aonde os homens loiros e de olhos azuis eram aceitos, "Bem aceitos", pensou o meu avô e, ainda se recusando a olhar na direção da aldeia, esticou as pernas e endireitou os ombros.

XXIV

As brisas eram fortes, a esperança alvissareira e o meu avô, ao se pôr em pé e olhar para a estrada, viu o mais velho entre todos os descendentes do pastor caminhando na direção da aldeia. Vinha acompanhado por uma mula dócil, tão antiga e lenta quanto o dono. Sem cabresto e assim como em tantas outras travessias, ela carregava dois cestos de vime repletos de pedaços de madeira. As suas costas se arqueavam a cada passo e o velho aldeão, tentando acender o cachimbo, era vencido pelas brisas. Insistente, a cada nova derrota apontava a aldeia para a mula, talvez acreditando que a proximidade crescente aliviasse o peso que ela carregava.

E a lentidão da mula e do velho aldeão revelou para o fugitivo a sua pressa em dar as costas para a aldeia, buscar o norte e o direito das escolhas. Livrar-se de vez dos pesadelos alheios e andar pelas ruas, ereto, sem se sentir o filho bastardo. As dificuldades, claro, não cabiam nos acenos, entre eles conquistar o mundo com a sua maestria de tecelão, mergulhar em mil seios mornos ou talvez, apesar das vastidões, ereto reencontrar a prima. E ser feliz nos risos sem impedimentos, alardear o seu prazer rompendo o silêncio noturno, ser feliz voando pelas montanhas sem a obrigatoriedade da volta, confrontar-se com os próprios discernimentos e amar sem o presídio das promessas feitas em seu nome. Ser feliz, e ainda ali sob as árvores, foi feliz a cada sonho marcado pelos passos lentos da mula e sorriu, feliz, ao descobri-la escondida pela curva que precedia a aldeia.

— Ah, aquele agosto, o destino e os seus conluios — exclamou o meu avô e me contou que no mesmo momento em que dava o primeiro passo na direção da estrada, interrompendo o passo seguinte, reencontrou-se com a sensação de que era vigiado. Agora, mais forte ainda, o levou a se agachar outra vez atrás dos arbustos, sondar as sombras e avaliar os movimentos das folhas. Foi quando voltou a sorrir: em um dos galhos da grande castanheira à sua frente três esquilos o espreitavam com interesse. O menor deles, visão truncada por uma folha, pendia a cabeça à direita. Repentinamente fugiram e foi nesse momento, nesse exato momento que o meu avô ouviu os gritos. Duvidando dos próprios ouvidos julgou-se vítima das arapucas da memória, ou da imaginação sempre ativa. Mas os gritos, reais, cresceram multiplicando-se em ecos, semeando aflições e o fugitivo olhou para trás buscando rotas de fuga. Viu os longos descampados, tão secos quanto os galhos dos arbustos e foi entre eles que devolveu o olhar para a estrada. Imediatamente meneou a cabeça, mas descobriu impossível duvidar dos próprios olhos: ainda nua, colorida e gritando o pouco decoro das suas intenções, a bordadeira era seguida pelo marido, abraçado às roupas da mulher e ao chapéu. O vermelho escorria pelo seu corpo deixando rastros, nenhum azul, e próximo do alfaiate, passos pesados, ofegante e acenando os punhos para o mundo, vinha o pai do meu avô. Atrás dele, batina erguida, corria o padre e dois coroinhas. Depois e respeitando a boa distância para as bisbilhotices, vinham os filhos do ferreiro e além, encerrando a procissão inusitada, passo a passo voltava o velho aldeão e a sua mula. Ainda tentava acender o cachimbo e o meu avô, desviando os olhos da estrada, surpreendeu-se de punhos cerrados. Tremia, mas não sentia medo, e as aflições semeadas pelos gritos, aflições que sentira até ver o pai, haviam sido substituídas por uma ânsia até então desconhecida. Era como se um furor interno se expandisse esgotando todos os temores antigos. Também, fingindo-se vingativo, desejava que a bordadeira e o seu séquito gritassem até o fim do mundo. O norte era deles, e logo ali, após a curva, a aldeia e os seus aldeões, maus espíritos prontos para danças ao redor dos infortunados, inimigos por hábito, espantalhos agora nada assustadores. E que se desdobrassem os sinos com o mesmo vigor da ânsia desconhecida, incapacitada à covardia, escolha antiga, destino, rumo, e o meu avô, sem baixar os olhos ou apressar os passos, atravessando a aldeia viu as janelas sendo fechadas com estrondo à sua passagem. Também viu os dedos eretos, acusadores, ouviu a ira sem sentido se traduzindo em impropérios e cheirou o pó acumulado desde sempre pelos redemoinhos. Pouco depois, às suas costas os espantalhos, substituiu os cheiros do pó pelos cheiros vindos do sul e então, antes de saltar a vala, lembrou-se do velho tecelão, também da despensa que não havia reabastecido.

XXV

    Nas calorosas e longínquas tardes do fim da minha infância, como sempre me mantendo no colo, o meu avô contou que as paisagens além das temidas campinas ao sul da vala se desequilibravam entre vales e colinas. Os vales, férteis, abrigavam sete vilarejos, cada um deles com o nome de um dos apóstolos. Dizia-se que nos tempos antigos havia existido um oitavo vilarejo, mas, infelicitado pela escolha do nome, sucumbira sob areia e sal. Hábitos incomuns, tradições e até os dialetos distinguiam as sete populações. Também as distinguia a vocação para os plantios: arrozais se contrastavam com os arruamentos dos vinhedos, o algodão branqueava alguns vales e em outros os milharais atraíam as aves predatórias.

    Apesar de a sua extensão sugerir o contrário, a estrada que interligava os sete vilarejos era tão sensível aos mistérios da terra que tornava impossível atravessá-la em menos de quarenta dias e quarenta noites. Iniciava-se um pouco antes do primeiro vale e se bifurcava logo após o último e maior dos vilarejos. À esquerda seguia na direção das terras altas, ali aonde todos os homens eram tristes, e à direita, serpenteando entre declives e pedras, buscava o porto aonde os adeuses eram tão tristes que se adensavam no ar tornando a respiração difícil.

— Era o tempo das grandes imigrações — disse o meu avô e contou que logo após saltar a vala se viu envolto por uma névoa tão densa que julgou possível moldá-la. Não era úmida ou pegajosa, expandia-se absorvendo os azuis do mundo e exalava os aromas das frutas maduras. Também, independente da direção dos ventos, movimentava-se criando imagens tão serenas quanto as que são desenhadas pela imaginação das nuvens. E, entre as imagens, assim como se delas fluísse a paz, os instantes eram desapressados, e os passos do fugitivo, antes marcados pela ousadia, tornaram-se mais lentos. O sol feriu a névoa a encantando com mil fragmentos azuis, todos brilhantes e todos se uniram.

Foi quando o meu avô sentiu-se livre, a névoa se dispersou e as águas do rio, desde sempre em busca do sul, brincaram na sua alegria transparente. Regatos o alimentavam e, ausentes os charcos, as paisagens se abriam, extraídas dos sonhos bons. Os ventos eram simples e o homem loiro, repentinamente comum, caminhou até depois do pôr do sol. Provou o gosto de algumas frutas, aninhou-se sob uma árvore, dormiu sem esforço, sonhou que seguia os rumos de uma estrela azul e ao acordar, na manhã seguinte, surpreendeu-se com o grande número de pequenos animais silvestres, todos festivos e caminhando em busca do sul.

Fêmeas, atentas aos filhotes, juntavam-se à caravana e além, não muito além, ondulando os horizontes as colinas já se mostravam. Os ventos ainda eram simples, e o meu avô, receptivo à alegria e convencido que não os assustava, integrou-se à também inusitada procissão dos animaizinhos. E todos buscaram a parte mais estreita de um riacho, contornaram um grande agrupamento de árvores sem parasitas, uma colina se mostrou inteira, logo ali corria o rio e também, logo ali, estava o início da estrada, única ligação entre os sete vilarejos.

E, assim como uma sentinela solitária, uma casa recém-caiada emergia da paisagem. Era rodeada por um pomar bem cuidado e, apesar da profusão de frutas e da inexistência de cercas, os pequenos animais não o invadiram. Agruparam-se à frente do portão escancarado e depois, sem atropelos, cada um deles alcançou a varanda da casa e ali, além do afago, recebeu uma das frutas que eram distribuídas por um homem, simples como o vento. Convencendo-se a acreditar no que via, o meu avô notou a euforia do esquilo retardatário ao receber a sua fruta, também notou o sorriso que alegrava a sua manhã e aceitou o convite para entrar.

Na sala havia uma mesa, duas cadeiras, uma delas sem encosto e por insistência do anfitrião o visitante sentou na cadeira intacta. Uma pequena bacia sem nada dentro, ao lado de um pão feito em casa e de meio queijo fresco, decorava a mesa. O cheiro do café sendo coado invadiu a sala e assim que foi servido, tanto o pão quanto o queijo, acompanhados de um sorriso, foram divididos em partes iguais. Comeram em silêncio e depois, olhando para a pequena bacia, o homem simples disse que algumas ninhadas acima do normal o haviam obrigado a distribuir até as frutas que reservava para o seu consumo. Sorriu, benevolente, e o meu avô perguntou se era mesmo impossível alcançar o último dos sete vilarejos em menos de quarenta dias e quarenta noite. O anfitrião, gestos lentos, olhou através da janela e, apoiado na paisagem de sempre, disse que não sabia, tinha nascido ali e jamais havia ultrapassado o primeiro dos vilarejos. Sorriu e se pôs em pé, foi para a cozinha levando a bacia, também as duas canecas e ao voltar trazia um embornal.

— O cheiro de erva-doce delatava que nele havia um bolo de fubá — disse o meu avô e então me contou que o homem simples, enquanto fechava a janela, falou que toda quarta-

-feira e todas as manhãs de domingo ia ao vilarejo. Disse ainda que seria muito bom caminhar acompanhado, e foi ao longo da caminhada que deixou claro o motivo que o impelia às duas visitas semanais. "Chovesse ou fizesse sol", afirmou, expressão que proíbe as dúvidas. Em seguida, sem alterar a expressão, contou que a sua doceira tinha nas mãos o dom dos encantamentos. O sabor e o aroma dos seus bolos faziam cessar as desavenças, amenizavam as tristezas e reforçavam a crença nas divindades. Os seus doces, fossem em calda ou não, atraíam as borboletas, silenciavam as crianças, apressavam a digestão e traziam à memória os bons momentos do passado. Podiam ser oferecidos aos reis, jamais azedavam e alegravam até os homens das terras altas.

Além disso, incapacitada aos desperdícios, a doceira transformava as cascas das frutas, inclusive as cítricas, em deliciosas acompanhantes para os chás medicinais, mas nada se comparava aos licores que obtinha dos caroços. Sempre adoçados com o mel produzido pelas abelhas que se fartavam nos restos deixados nos tachos, bastava um cálice após o jantar e os insucessos dos dias eram esquecidos, os pais se tornavam menos proibitivos, as negativas noturnas se tornavam aceitação e o dia seguinte amanhecia feliz.

Mas o não aproveitamento dos pelos que revestem as cascas dos pêssegos, além de levar a doceira a se julgar imperfeita, despertava a sua curiosidade de avaliar os seus efeitos. Às vezes os supunha afrodisíacos, nas tardes em que o desassossego a alcançava creditava a eles a virtude dos calmantes, e os imaginava medicinais quando se sentia febril. Tornavam-se antídotos contra a insônia nas noites maldormidas e então, revirando-se na cama, jurava que na manhã seguinte extrairia os pelos das cascas e os agregaria aos recheios. E, mais uma vez, graças ao excesso de encomendas, o juramento era esquecido ou adiado. Mas, fosse qual fosse a urgência das encomendas, jamais adiava os seus dois encontros semanais com o homem simples. Era quando para eles se esvaíam as tristezas do mundo, e ali, no banco de madeira ao lado da igreja e protegido pela sombra de figueiras selvagens, os sonhos se revelavam através dos sorrisos, o tempo se tornava solene, os desejos simples se confessavam pelo olhar e os inconfessáveis se escondiam na timidez. Os encantos suprimiam tanto o frio quanto o calor, e as despedidas ansiavam pelo dia em que deixassem de existir.

E foi no inverno que parecia não ter fim que o coração da doceira se espremeu, abrindo espaço para a tristeza acumulada pelas despedidas. O cinza se estabeleceu no mundo, a insônia resistiu a todos os chás e foi quando, enfim recusadas as encomendas, os juramentos noturnos não foram esquecidos. Então, livre das atribulações, ela colocou doze pêssegos e três litros de água filtrada em uma panela larga, acrescentou meia colher de sal grosso, avivou o fogo e ajeitou a panela sobre uma das bocas da chapa escaldante do fogão. Segura de que após bem aferventados os pêssegos liberariam os seus pelos, preparou a massa se utilizando de trigo jovem, ovos recolhidos assim que foram postos e uma generosa porção de nata. Antes de trabalhar a massa espetou cinco vezes cada uma das doze frutas. Doze vezes lambeu o garfo e depois, enquanto a massa descansava, retirou os pêssegos da panela, coou a água e não encontrou um único pelo no pano branco. Lembrou-se da santa protetora das doceiras e ainda crédula nas boas providências das fervuras, substituiu o sal pelo vinagre, não espetou as frutas e a acidez produziu apenas uma gosma esverdeada e tão pegajosa que serviu de armadilha para as moscas. Areou a panela e, determinada, também sem notar a inquietude das abelhas e o silêncio das aves, colheu pêssegos mais maduros e os deixou durante dois dias mergulhados em leite azedo. O insucesso a fez perder o ponto da mais simples entre todas as suas caldas, e as abelhas passaram a recusar as sobras, e todas se tornaram agressivas quando as infusões próprias para a expulsão dos maus humores, os chás laxantes e os preparados para amolecer a carne também se mostraram incapazes de liberar os pelos.

Na quarta-feira, esquecida de que era esperada no banco ao lado da igreja, procurou o artesão que não temia desafios. Ele a ouviu em silêncio, aceitou o pagamento antecipado e a lâmina que produziu era tão fina que depois de pronta e posta sobre a sua mesa de trabalho jamais foi encontrada. No domingo o inverno sem fim trouxe as geadas, desolando os pessegueiros, e os licores extraídos dos caroços, até então sempre eficientes, realçaram as angústias diárias. Homens se embebedaram, as abelhas desapareceram e a doceira, vestida de preto, durante três dias velou a cinza acumulada na boca do fogão. Não atendeu aos chamados e assim que venceu a vigília, além de limpar a fuligem das paredes da cozinha, arear a chapa do fogão, os tachos e todas as panelas, saiu pela porta dos fundos. Talvez tenha ido ao encontro das suas abelhas, deixando para o homem simples a esperança de reencontrá-la ali, no banco ao lado da igreja, serena como eram as tardes de quarta-feira, ou feliz como deviam ser as manhãs de domingo.

— Quem sabe um dia — disse o meu avô repetindo as últimas palavras que ouviu do homem simples. "Quem sabe um dia", disse outra vez, agora expressando a própria saudade. Sorriu, perdeu-se por um instante olhando para o céu e depois me contou que o primeiro dos sete vilarejos, talvez o menor de todos, tinha o nome do apóstolo que havia divulgado os mistérios nas encruzilhadas mais distantes. Homenageando o santo e as suas longas caminhadas, as ruas do vilarejo se alongavam organizadas em meandros, a maioria paralelos. O silêncio as abrasava e as casas, todas frontais aos meandros e idênticas, sugeriam que a desolação ou o desânimo faziam parte do dia a dia dos seus habitantes. As chaminés inertes e as janelas fechadas completavam a impressão, e o meu avô apressou o passo e já alcançava o limite do vilarejo quando além de sentir os cheiros da terra revolvida ouviu a conhecida sinfonia dos ventos. Olhou para trás e viu a imensa nuvem de poeira avançando impiedosa e então correu, temendo que o mundo fosse apenas uma réplica infinita da sua aldeia natal.

XXVI

No sábado, logo após o meio-dia, o meu avô alcançou o segundo vilarejo. As suas casas, todas de pedra, avançavam sobre as colinas, as chaminés fumegavam, as vielas aos pés da colina se transformavam em escadarias e roupas coloridas se expunham ao sol nas varandas. Duas torres se erguiam sobre a igreja medieval, árvores floridas se harmonizavam com as roupas expostas e a luminosidade dava ao vilarejo um aspecto acolhedor.

Embora menos latente a má impressão deixada pelo vilarejo anterior, atento, o meu avô notou que a única rua sem calçamento era a central, poeirenta e interligando as duas extremidades da estrada. Olhou à frente, viu as casas germinadas que se enfileiravam em toda a extensão da rua e as imaginou moradia das famílias menos afortunadas do vilarejo. Reforçava esta impressão os pés descalços das crianças que brincavam atentas apenas às suas brincadeiras, mas, repentinamente, os quatro sinos de cada torre da igreja badalaram como se uma grande desgraça fosse se abater sobre o vilarejo. Então, deixando para trás os cabos de vassouras, cavalos imaginários e as espadas de pau, as crianças correram para suas casas, as mães trancaram as portas e os homens se acotovelaram nas janelas, todos com a mesma expressão.

— Outra vez me lembrei da minha aldeia — disse o meu avô e então me contou que ali, devassado pelos olhares idênticos, além de se esquecer da fome que o atormentava, ficou certo que aquela era a rua mais longa do mundo. Apressou o passo e foi quando viu o padre vindo ao seu encontro. Ostentava uma grossa corrente e um vistoso crucifixo de ouro que brilhava em harmonia com os seus sapatos. Tinha a expressão dos grandes regentes e assim que se impôs à frente do meu avô, virou-se e apontou o fim da rua. Imediatamente todas as janelas às costas do religioso foram fechadas com os estrondos da rejeição e as demais se fecharam concomitantes à passagem do expulso, agora com os passos dos fugitivos.

Ao ultrapassar o limite do vilarejo ouviu os sinos, agora replicando lentos, e seguiu em frente sem olhar para trás. Algumas nuvens amenizavam o sol, os ventos eram rasteiros e, pouco a pouco, os passos fugitivos se desproporcionaram em relação ao avanço da fome. Nos vales férteis apenas os algodoais e nas colinas as raras árvores frutíferas ainda floresciam. Na estrada a solidão, ninguém, e o mundo já perdia os seus azuis quando o desconhecido loiro, vindo do norte e sentindo as pernas relutantes sob o seu peso, entrou no terceiro vilarejo.

Era um dia santificado e à espera da procissão serragens coloridas, encantando as ruas, desenhavam motivos sacros. Havia agitação e sorrisos, os homens exibiam as suas famílias, o ar era leve, o replicar dos sinos não espantava as aves e meninos se infiltravam entre os adultos dançando a perseguição barulhenta. Outros meninos sorriam para o seu primeiro terno e algumas meninas, vestidas como se imagina os anjos, fingiam que as suas asas de pano e rendas as fariam voar.

E um dos pequenos anjos, distraído com o seu voo imaginário, quebrou uma das suas asas ao esbarrar no meu avô. Consternado ele se abaixou para consolar a menina e foi quando o mundo rodou confundindo os sentidos, manchas negras se atabalhoaram nas suas retinas e os sons desapareceram, inclusive o persistente zunido que atormentava os seus ouvidos. Então sem fome, dores ou sonhos se espalhou na calçada, e ao recobrar a consciência sentiu o cheiro forte dos gengibres maduros. Também sentiu as suas pálpebras sendo forçadas e foi necessário um longo momento para entender que estava sendo examinado pelo médico do vilarejo. Ao seu redor se aglomeram expressões preocupadas, o cheiro de gengibre persistia, e o meu avô pensou que vivia um sonho quando o pequeno anjo de asa quebrada o abraçou se desculpando pelo esbarrão. A sua voz era tão terna quanto a dos seus pais, julgando-se no dever de abrigar o desconhecido. Interferindo, o padre ofereceu as acomodações da casa paroquial e os cuidados das senhoras da congregação, mas a mulher do médico, alegando que o seu marido estaria por perto caso houvessem agravamentos ou recaídas, definiu a sua casa como abrigo ideal.

 Assim como o médico havia previsto, bem alimentado o meu avô se recuperou em três dias e então, insistentes, os anfitriões o convenceram a prolongar o descanso. Era nítido que a sua presença afastava a monotonia de uma convivência repleta de silêncios. O vinho dispensava os brindes e não aquecia os afetos, toda a atenção do casal era para o hóspede e ambos, curiosos ou preenchendo os silêncios o instigavam a falar de si mesmo e da sua aldeia natal. O vinho também o instigava e os anfitriões souberam que o mundo se dividia em dois desde os tempos do pastor e que no lado de lá era proibido nascer loiro. Souberam que a maior relíquia da aldeia era um altar esculpido por um marceneiro, um homem bom que se vendo excluído da cama do casal se trancou no quarto ao lado e ali, invocando os seus direitos, durante noites e noites cantou as operetas compostas no norte. Desinibição crescente, o meu avô contou a história da menina que engoliu três contas de um só terço, cresceu enclausurada e pecou graças à estranha sensibilidade da planta de um dos seus pés. Também contou as desventuras do ancestral materno que carregava os invernos e as do tecelão que dedilhava a sua harpa apenas para si mesmo ou para alguém muito distante. Não negou ao casal a sua história com a prima, a magia que frustrou a sentença da benzedeira e as causas que o levaram ao mergulho na escuridão e imobilidade. Mostrou os joelhos marcados pela rigidez dos castigos e provocou risos ao narrar o desatino da bordadeira. Não se esqueceu do chapéu do alfaiate ao detalhar a perseguição e confessou que não foi a coragem e sim uma ânsia inexplicável que o fez saltar a vala e enveredar pelo lado de cá do mundo.

Sempre atenta às narrativas, a mulher do médico dançava entre a esperança, alegria e tristezas que emprestava das histórias que ouvia, mas o marido, às vezes, sem esconder o olhar ausente e a expressão dolorida, parecia vagar dentro dos limites da própria história.

— Era quando o cheiro de gengibre invadia o mundo — disse o meu avô e então me contou que veio a noite em que o jantar foi interrompido pelas batidas na porta. Ao ouvi-las o médico olhou para o alto como quem pede clemência e se pôs em pé, certo que mais uma criança chegava ao mundo. Eram tantos os partos já feitos e mais ainda os previstos que ele sorria ao imaginar a saudável loucura que havia tomado conta do vilarejo nove meses antes. Afastou-se da mesa afirmando que a noite seria longa e assim que saiu de casa, talvez cansada do seu silêncio ou das emoções emprestadas, a mulher contou que o marido era filho de um médico tão competente que durante toda a sua vida cometeu um único erro de diagnóstico. Foi quando não sobreviveu, deixando para o filho a tarefa de substituí-lo.

Desde sempre a substituição era prevista: o filho, ainda de calças curtas, havia trocado a bola por um estetoscópio antigo e fazia dos amigos os seus pacientes. Inventava doenças que só ele conhecia a cura e as consultas tinham duração variável, mas nenhuma delas se alongava como as que eram feitas na menina de olhar discreto, filha de um pequeno lavrador. Na época das colheitas, auxiliando o pai e fazendo sufocantes os consultórios improvisados, ela se ausentava por alguns dias e ao voltar, rescendendo ao gengibre colhido, o futuro médico dizia que aquele era o cheiro dos unguentos eficazes contra todas as dores. Mil vezes respirava fundo assim como se ele, prevenindo-se contra as tristezas da próxima colheita, recolhesse e acumulasse o cheiro lenitivo nos inexplicáveis mistérios dos amores verdadeiros. Só então sorria para a menina que também sorria, espelhando a alegria do reencontro.

As calças se alongaram, vieram as primeiras espinhas, a menina desenhou os bons contornos de mulher e chegou o tempo dos estudos na capital. O último aceno ficaria para sempre na memória do jovem estudante, e ele, além das saudades prematuras, levou a esperança que a sua ausência diminuísse os conflitos entre os seus pais. O médico, defensor do direito de escolhas e vivendo os desconfortos de um casamento decadente, via na namorada do filho a nora perfeita enquanto a mulher, olhar imperial e postura das damas da corte, implicava até com os pequenos sulcos que se desenhavam nos calcanhares da jovem. Não perdia a oportunidade de compará-la à noiva do filho primogênito, ele interessado na soma das fortunas e ela tão fútil e soberba quanto a futura sogra. Também, durante os seus jantares iluminados pelo brilho dos cristais, ela jurava que os bons aromas das suas refeições jamais seriam maculados pelo cheiro de gengibre, maduro ou não. E se repetia, e incansável se repetia nas intermináveis cartas endereçadas ao filho, e elas, contrastando com as cartas da jovem, rescendiam às fragrâncias dos menores frascos. Imune às fragrâncias e às repetições maternas, o estudante passeava a sua saudade pelas ruas da capital, sempre ignorando os seus acenos e tentações. Fiel aos juramentos de fidelidade, feitos antes da partida, não acompanhava os amigos nas suas incursões pelos bordéis, evitava os bares e nas noites de insônia escrevia o nome da namorada no embaciamento da janela, ou relia as suas cartas, mil vezes respirando fundo. Toda manhã, antes de se levantar e assim como uma oração, sonhava com um casamento simples, mas, três noites depois do início do verão, irritado com as repetidas ladainhas ao longo dos jantares, o médico esmurrou a mesa, pôs-se em pé, acalmou-se por força dos exercícios muitas vezes praticados, olhou nos olhos da mulher e então, expressão serena e voz pausada, disse que ela, assim que o filho se casasse, ou antes, faria a alegria de todos caso levasse os seus cristais para a cozinha e ali jantasse na companhia do seu batalhão de serviçais. Repetiu tudo o que dissera pausando mais ainda a voz, repetiu-se mais uma vez e as palavras do marido soaram para a mulher como chaves humilhantes trancando os salões da corte, e todas as damas riram, o vinho azedou escurecendo o cristal e se tornou o veneno que alimenta as más intenções. Uma a uma foram revistas as tristes virtudes das maldades, e o veneno da poção despertou a gargalhada sob o céu de lua minguante, os lobos desistiram da caça e à meia-noite, aberto o livro de todos os assombros, a mulher do médico leu dez vezes a reza dos esquecimentos.

Sete vezes sete dias depois, apenas ao ver o pôr do sol a jovem se lembrou de ir ao lago, ali onde todos os dias namorava as águas e escrevia as cartas que assimilavam o cheiro das suas mãos. Sete dias mais tarde, à beira do lago, notou que as águas eram barrentas e não se emocionou com os mergulhos da pequena cascata que sonorizavam os seus sonhos. Também não escreveu, e na primeira semana de setembro enveredou pelas lembranças difusas, perdidas entre as obrigações cumpridas, as águas barrentas do lago e a grande seca que fizera a cascata desaparecer. Deitou-se e então, esquecida de que eram as confidências que aqueciam o travesseiro e invocavam o sono, vagou pela tristeza dos ventos noturnos, ouviu os arrulhos das aves namoradeiras e mais ainda os arrulhos das ausências sem nome e explicação.

Foi quando o seu peito se encheu com os vazios da memória e, para o jovem, restou apenas o alívio acumulado nos mistérios dos amores verdadeiros.

XXVII

A anfitriã mantinha sempre às mãos um lenço perfumado e carregava no olhar as carências da sexualidade insatisfeita. Esforçava-se para modular a voz estridente e era quando os seus lábios se moviam assim como se ela trocasse beijos consigo mesma. Não prendia os longos cabelos, não usava xales e embora os decotes dos seus vestidos fossem discretos, não escondiam a pinta que se avizinhava do seu seio direito. Tinha o formato e o tamanho de uma avelã cortada ao meio, às vezes brincava de se esconder entre as dobras do decote ou se perdia na dança dos cabelos. Também, sensual e dançando aos olhos do meu avô, despertava uma volúpia cheia de culpas, todas abrangendo o casal anfitrião.

— Decidi ir embora ao perceber a cobiça maior do que a culpa — disse o meu avô e me contou que ao se despedir foi presenteado pelo médico com um dos seus grossos casacos de lã. O abraço foi demorado, assim como foi o da mulher e depois, exibindo um decote generoso e escondendo o olhar, ela acompanhou o hóspede até ao portão e ali entregou a ele um embornal com alimentos suficientes para alguns dias. Foi quando se olharam nos olhos e veio o desencanto dos beijos apenas imaginados, também vieram os passos lentos e três vezes se despediram através dos acenos que se distanciavam, adeuses mudos, reticentes e inesquecíveis, assim como sempre são as histórias sem final.

Obediente ao próprio curso o portão se fechou lá atrás e à frente, após a última esquina, além da estrada e do gosto salgado dos arrependimentos, os passos ainda lentos e pressupostamente andarilhos. Os ventos não dissipavam o cheiro de gengibre entranhado no casaco de lã, mas o meu avô se esforçava para colher apenas o perfume feminino que o impregnara durante o abraço e, ao senti-lo, fechava os olhos, imaginação solta maculando o casaco. E já era meio-dia quando os ventos cruzados interromperam as delícias imaginadas. Nuvens se acumulavam escurecendo os vales, esfriou, as colinas também se apagaram sob as nuvens e veio a busca apressada por um abrigo.

O casaco já havia se purificado dez vezes sob o ritmo agressivo da chuva quando o meu avô avistou a típica cabana de pastores. Os desvãos das tábuas recolhiam o vento e as goteiras, algumas nômades, encharcavam o chão de terra batida. Pedras aparando restos de madeira se fingiam de fogão e ao lado delas um pequeno banco completava a paisagem interna, mas a cabana, assim como todos os refúgios dos pastores, povoava-se com as mil personagens das mil histórias ali contadas.

— E eu ainda estava suscetível às histórias dos amores perdidos — disse o meu avô e então, sempre me mantendo no colo, contou que ele, encharcado e vendo o chão de terra batida se tornando lama, sentou no pequeno banco, tirou as botinas e pôs os pés sobre as pedras que se fingiam de fogão, descobrindo que elas não eram abençoadas pelas goteiras. Olhou para o alto e sem descobrir o motivo da isenção, devolveu o olhar para os restos de madeira e pediu o milagre da combustão espontânea.

Não foi atendido e, pior, choveu sem cessar durante quatro dias e quatro noites. Também ventou e os sons dos ventos, aliados à fertilidade da imaginação, invadiram a cabana e trouxeram à vida algumas personagens das histórias ali contadas, e elas se aproximaram do fogo imaginário, companhias tão singelas quanto a história do pastor que desejando dançar com a aldeã dos seus encantos vendeu oito das suas melhores ovelhas para comprar um terno. Até se banhou, mas no baile, mostrando que também tinha os seus encantos, a aldeã o recusou oito vezes. Ventos e imaginação sempre crescentes, afagando a suscetibilidade aos amores perdidos, então contaram as desventuras do pastor que recebeu das mãos da mulher amada um estojo repleto com sementes dos amores perfeitos, dizendo que ela estaria pronta para acolhê-lo nos seus braços assim que ele semeasse as flores ao longo de todo o seu pastoreio, mas, para cada semente que espalhava, duas outras brotavam no estojo. Oito histórias semelhantes depois, foi contada a amargura do pastor que mesmo sabendo que era correspondido jamais teve coragem de se confessar, e ambos envelheceram solitários.

No terceiro dia do seu refúgio, o meu avô viveu as histórias dos nove pastores que se casaram com mulheres estéreis. Quatro entre eles perderam o interesse de aumentar o rebanho e os outros cinco ainda pagavam as suas promessas. Ao longo do dia seguinte dez pastores foram traídos e apenas um deles perdoou a mulher, mas não renovou o perdão ao saber que fora traído outra vez.

Na quinta-feira, após onze pastores lamentarem a infelicidade das suas escolhas, veio o estio. O mundo se aqueceu ao sol, aves o festejaram e o desolado fugitivo da sua aldeia natal caminhou contando novas histórias para si mesmo, agora sobre os doze homens que ludibriando as lendas percorreram toda a extensão da estrada em menos de quarenta dias. Velocidade dos gigantes e estratégias bem elaboradas, o décimo segundo homem venceu a estrada em vinte e oito dias e já ostentava a coroa de louros quando o jovem loiro, assim como era o coroado, entrou no quarto vilarejo. E todas as estratégias se revelaram inúteis: o rio que margeava o vilarejo, transbordando as suas águas além das margens e superando a ponte, havia se tornado um obstáculo intransponível. A vazão de estrondos fazia prever que a espera seria longa e então, a necessidade de um abrigo, também a cordialidade encontrada no vilarejo anterior, moveram o meu avô ao encontro da casa paroquial.

 Foi quando soube que dividiria o único quarto, quase um claustro, com um peregrino de olhar evasivo, incapaz de sorrir e com o sotaque carregado, típico de quem viera de terras distantes. Precedera o meu avô em algumas horas e ao se apossar do quarto, havia posto uma cama sobre a outra, estendido no chão os dois lençóis e espalhado sobre eles dezenas de folhas soltas de um caderno. Também as cobrira com as colchas, e o novo hóspede, inadvertido quanto ao inédito processo de secagem, ao entrar no quarto pisou na colcha próxima da porta. O barro desenhou o tamanho da sua botina, e o peregrino, dividido entre o truncado gesto de expulsão e o suplício de saber pisoteada uma das folhas do seu caderno, espremeu-se na parede oposta à porta. Pouco depois, talvez rompida a última das contenções, levou as mãos à cabeça e chorou sem reservas, permeando entre os soluços um rosário de lamentos que acabaram sendo ouvidos pelo padre.

 O religioso era jovial, o seu olhar inspirava confissões, a sua expressão evidenciava uma intensa curiosidade pelos mistérios terrenos e os seus passos, leves, mostravam que alguns desses mistérios já haviam sido desvendados. Sorriu com discrição ao ver as camas empilhadas, levantou uma das colchas, mostrou-se intrigado, esperou o peregrino conter os soluços e só então o questionou.

A resposta não se limitou à pergunta e o padre, apesar do estranho sotaque do peregrino, entendeu que ele vinha do leste, andarilho em busca dos homens sábios que o ajudariam a elucidar os símbolos desenhados pelo irmão. Soubera do ermitão que vivia entre as quatro colinas idênticas e subia a encosta de uma delas quando foi surpreendido pela chuva, repentina e tão cataclísmica que no espaço de tempo entre dois trovões se formaram as enxurradas. Carregado, tentou se agarrar no que pôde e foi quando soltou o embornal que trazia sob o casaco, espremido no peito. Era como tentava protegê-lo da chuva e, ao vê-lo submetido aos rumos das enxurradas, chegou a se soltar, mas teve a sua passagem barrada pelas pedras que tumultuavam mais ainda as águas. Embora ferido, arrastou-se até se ver livre do fluxo enlouquecido, tentou se pôr em pé, escorregou e, angustiado com a possível perda, entre tentativas e escorregões desceu a colina, alcançando o terreno que erodido pelas chuvas anteriores dividia a enxurrada em três direções distintas. Intuitivamente seguiu à direita e o acerto da escolha o levou ao encontro de um acúmulo de pedras que retinha parte das águas. Os sons de mil pequenas cachoeiras contavam as histórias das enxurradas antigas, os redemoinhos enganavam as retinas e o embornal, rasgado e vazio, espremia-se entre duas pedras. Folhas soltas do caderno boiavam em uma poça à frente, e o peregrino, durante uma infinidade de horas aflitas, vasculhando as pedras, tateando o fundo das poças e seguindo as águas fugidias, reuniu as duzentas e vinte e duas folhas que ali, no pequeno quarto da casa paroquial, secavam sobre os lençóis e sob as colchas.

Oito folhas não tinham sido encontradas, oito símbolos perdidos antes que fossem elucidados, e o peregrino, impressionando o religioso, contou que apenas provaria a felicidade quando elucidasse todos os símbolos inclusos no caderno e que agora, perdidas as oito folhas, ficava claro que o irmão o havia poupado de saber com antecedência que jamais seria feliz. E não havia como duvidar das predições do irmão: ele tinha nascido com o estranho dom de ver o destino alheio. Bastava olhar, fosse nos olhos ou na aura de qualquer um, homem ou mulher, e então, imediatamente, tudo que os aguardava era a ele revelado através de imagens que se materializavam nas suas retinas, acompanhadas de emoções tão fortes que as vivia como se o destino alheio fosse o seu. Muito havia sofrido com as tristezas espelhadas, vitimado mil vezes por separações dolorosas, enlouquecido em asilos sombrios e se arrastado como pedinte. Sentiu a angústia dos presídios, a miséria dos avaros e o pessimismo dos descrentes. Conheceu a desfaçatez das traições, o desespero dos endividados e as sombras permanentes das culpas sem perdão. Viveu o fracasso das iniciativas, mas foi compensado com algumas alegrias e com a permanente jovialidade do seu rosto. Também visualizou os encantos da paternidade e amou muitas mulheres, sem que nenhuma fizesse parte do seu próprio destino, destino que se esgotou na solidão das montanhas do norte.

XXVIII

    A opulência das casas contrastava com a aridez das terras que rodeavam o quinto vilarejo. A igreja tinha as dimensões das catedrais góticas e assim como todas as casas, era cercada por grades de ferro que impressionavam pela harmonia dos seus arabescos. Os gigantescos portões de entrada ostentavam fechaduras elaboradas, brasões familiares e florações que revelavam toda a maestria dos ferreiros. Além das grades, terrenos estéreis alcançavam as casas e era neles que se aglomeravam as estátuas de gesso. Dragões, cavalos alados e grandes águias ignoravam a nudez das ninfas, soldados destemidos vigiavam o mundo entre vestais sedutoras, pequenos anjos urinavam a esmo e os portões eram guardados por estátuas de mordomos, todos de fraque, chicotes nas mãos e expressão severa.

    E fazendo crer que ali, naquele vilarejo, a aridez ia além das terras, crianças de gesso, assustadas com as figuras talvez extraídas de algum pesadelo coletivo, escondiam-se entre as pernas das vestais, sob os cavalos alados, atrás das ninfas e dos dragões. Algumas, ajoelhadas, tinham o olhar opaco da solidão, outras olhavam para as correntes que atavam os seus pés, mas, em comum, todas davam as costas para as estátuas dos soldados. Era assim como se elas também as intimidassem, e o meu avô, ao passar à frente da décima terceira casa após a igreja, olhou para o soldado próximo da grade e notou a sua postura de combatente à espreita do inimigo. Também notou as perfurações no capacete e depois, ao olhar para o rosto de gesso, instintivamente recuou e então, criança assustada, deu as costas para a estátua do soldado.

— Era espantosa a semelhança do seu rosto com o rosto magro do alfaiate — disse o meu avô sem disfarçar o sorriso triste que sempre acompanhava as más lembranças, ou as culpas. Esforçou-se para apagar o riso, meneou a cabeça e contou que ele, além de dar as costas para a estátua, buscou o meio da rua e então, passos largos e sem olhar para os lados, reencontrou a estrada. Ainda se sentindo perseguido, alegava para si mesmo a sua inocência quanto aos desvarios da bordadeira, mas, destravado o alçapão das culpas, não conseguia se inocentar do seu esquecimento, ou descuido que o levara a manter intactos os fardos de algodão reservados para reabastecer a despensa do velho tecelão. Quatro vezes apalpou o embornal sem se encorajar a abri-lo e se alimentar, outras quatro vezes foi vencido pela culpa e já se aproximava do sexto vilarejo quando viu as laterais gradeadas de uma ponte. Sorriu colhendo por antecipação as delícias de refrescar os pés sob águas correntes. Também se prometeu meio pão e uma grossa fatia de queijo, outra vez se culpou pelo esquecimento e pensando no velho tecelão e na sobrinha alcançou a ponte.

Foi quando descobriu que ela era apenas um embuste, ou um enfeite: nada havia sob ela, nem mesmo uma simples depressão. Recuou e assim que superou a perplexidade, avaliando o aparente despropósito da ponte, imaginou as possíveis surpresas que o aguardavam no vilarejo, entre elas a imposição de enigmas, becos sem saída e expulsões humilhantes. Não pensou, claro, nos jogos misteriosos que confundem os rumos desvirtuando as encruzilhadas, ou nos escritos feitos de próprio punho no momento das escolhas. Também não viu o facho de luz azul que se fez estrela, abstrata aos incrédulos e invisível aos destinos que não se correspondem. Além, não muito além, materializados os escritos o impossível se faria ausente, e ali, sentado à margem da estrada e ainda vendo a ponte como um prenúncio de armadilhas, decidiu contornar o vilarejo.

À esquerda as matas se mostravam menos densas e a pouca umidade da terra sugeria a inexistência de lodaçais. Trilhas se abriam revelando um trânsito constante, também a possibilidade de encontros pouco felizes, inclusive com os homens que haviam construído a ponte.

— Recuei — disse o meu avô e, com passos crédulos que obedeciam à sua vontade, atravessou a estrada e enveredou pela trilha que à direita do vilarejo serpenteava entre grandes árvores, pequenos charcos e arbustos tão espinhosos que o levaram a se lembrar da aldeia natal. Recusou a lembrança e ao recusá-la percebeu que ali, embora entre charcos e espinhos, o mundo era feliz. Sentiu-se leve, capaz de flutuar além das suas emoções em alvoroço, além das camuflagens e das lembranças muito antigas que se fizeram ocultas sob o peso das escolhas agora ativas. Mas ainda não era o tempo de suprimir todas as vendas e o meu avô flutuou sobre fogueiras que não se traduziram, ao longo de estradas outonais, viu tachos de cobre sendo forjados e pás de moinhos à beira de rios congelados. Viu mulheres vestindo doze saias, mil pulseiras em ouro maciço e dezenas de homens morenos sendo expulsos de paisagens comuns. Flutuou sentindo que os conhecia, quis abraçá-los, quando ouviu o som feliz de um violino, abriu os olhos e viu, real e à sua frente, uma cigana que de tão velha tinha a pele mil vezes encarquilhada. Os sons do violino eram tão hipnóticos quanto as chamas da fogueira que desordenadas pelo vento brincavam de luz e sombras nas lonas das tendas que a rodeavam. Também liberava fagulhas e elas, antes mesmo de esgotado o seu instante luminoso, substituíam-se fantasiando cortinas que se escancaravam incoerentes às danças das chamas. Mas, repentinamente, o violino silenciou, as fagulhas não se substituíram e o meu avô, olhando nos olhos da velha cigana, soube que devia olhar para o céu.

Lá estava a estrela azul, única, simples na complexidade dos próprios mistérios, livre das vendas, guia pagã para além das escolhas temporárias, fossem elas punições ou aprendizados. Lá estava a estrela azul, condutora, porto dos amores que se libertam do tempo, amores que não renascem porque, imunes às eras, jamais se extinguem. Lá estava a estrela dos reencontros e o meu avô, ao baixar os olhos, sem os sustos dos pesadelos ou as surpresas dos sonhos, descobriu que a velha cigana, pele mil vezes encarquilhada, havia desaparecido. Solenes, as chamas então musicaram a madeira incandescente e uma menina de olhar inquieto, vestindo doze saias e sendo perseguida por um menino, rodeou a fogueira e a rodeou outra vez ansiando ser alcançada. A sombra de ambos se tocou e foi quando, sonho ou magia, as imagens materializadas reavivaram as fagulhas e o meu avô, corpo e alma disponíveis, descobriu-se no menino que de mãos dadas com a menina de olhar inquieto havia percorrido as paisagens que foram cenários de dez infâncias, todas nômades, felizes e indiferentes às distinções entre norte e sul. Além das fantasias das chamas, ciganos adultos se purificavam nas águas correntes, outros exibiam os seus punhais e agora a menina de olhar inquieto, rainha criança, tecia confidências inocentes para o menino reencontrado no corpo adulto, pequeno rei, soberano no mundo sem conflitos da menina, dez vezes a sua rainha.

E ainda ali ao redor da fogueira, materializados na velocidade dos sonhos ou das magias, fragmentos, lembranças de um caminho único, caminho sem relhos, vergões ou sal purificador, sem lágrimas descendentes da solidão ou galos irreais. Ali, tendas de homens irmãos, tribo, cabelos negros, longos e lisos, tradições expostas nas danças, também nos rituais. E ali, obediente aos redemoinhos do tempo, a memória veloz desmembrando as sombras, ouvidos amantes atentos às confidências agora menos inocentes, tinto o vinho das celebrações, rei e rainha enfim coroados e então, à beira da fogueira, reais nos destinos que desde sempre se confluem, despojadas as doze saias mais uma vez se amaram, e se amaram assim como era antes e como seria depois, eterno.

XXIX

 Muitos anos depois, alicerçada em um terreno amplo e alto, o meu avô faria a sua casa definitiva. Além das janelas que se impunham sobre as dimensões das paredes, um longo terraço envidraçado escancarava o céu. Os vidros, tanto os frontais quanto os que cobriam o terraço, eram amplos e presos em caixilhos discretos. Refletiam as poltronas confortáveis, a decoração inspirada em motivos ciganos e uma escrivaninha antiga com oito gavetas, todas repletas de minuciosos desenhos baseados em histórias infantis.

 Mil vezes, amparado pelo colo do meu avô, também me vi refletido nos vidros e então, mil vezes esquecido do meu reflexo e vagando pelas histórias que me eram contadas, persegui as andanças do pastor, amei a ovelha que recusava fecundações, cheirei a terra, ri com o bispo, cantei as árias do marceneiro, fugi da sobrinha do velho tecelão e dedilhei a sua harpa sob a janela da prima. Naufraguei nas tempestades cataclísmicas, senti o cheiro rançoso do charco além da margem do rio e sobrevoei a aldeia acompanhando as aves migratórias. Também e sempre esquecido do meu reflexo, tateei o mundo durante as escuridões absolutas, dancei com a aldeã solitária nos tombadilhos enluarados, senti a ausência de gosto ou cheiro nas três contas de um só terço, temi os castigos, mais ainda os maus espíritos e dei as mãos para o meu avô ao saltar a vala. Confesso que algumas vezes me surpreendi desejando que o meu avô, negando as lendas, chegasse ao sétimo e último dos vilarejos em menos de quarenta dias. Eu tinha pressa de me reaproximar do circo, embora ainda estivessem vivos na minha lembrança os sustos que haviam me causado as dezessete facas do anão, todas impactando a roda e muito próximas do meu avô. Eu tinha pressa, sim, eu tinha pressa de me reaproximar do circo e talvez, através das narrativas, reencontrar os olhos verdes da contorcionista e outra vez sentir os calafrios das paixões imediatas. Sim, muitas vezes, tanto ali no terraço quanto nos meus desvarios, sonhando em tê-la presa no meu abraço, escondi o chicote do domador e me benzi nas chamas expelidas pela mulher do anão. Sim, muitas vezes, enciumado e jurando vingança, assim como o pequeno atirador de facas, pisei três vezes em três rastros do ex-padre. Agora adulto e ainda sensível ao verde, desde então a cor dos olhos das serpentes mágicas, confesso que ali, nos vidros do terraço, apenas uma única vez agreguei o meu reflexo aos reflexos do meu avô: foi quando a contorcionista, mulher invasora dos meus sonhos que perdiam a inocência, enlouquecida nos seus desejos e indo ao encontro do homem que os despertava, atravessou o pátio interno do circo e, assim como fizera nos meus sonhos, invadiu a grande tenda de serviços. Ali, despiu-se e amou e eu, mergulhado nos seus olhos verdes, a amei em cada uma das palavras que ouvi, em cada gesto que imaginei, mas, preso aos reflexos, também ouvi os gritos de alerta, temi o chicote do ex-padre e foi quando, sem dar as mãos para o meu avô, nus, fugimos do circo.

Não, não reencontrei a contorcionista no quadragésimo dia, reencontrei apenas o narrador, ainda nu e submerso atrás do muro que protegia a casa quase frontal ao circo. O dedão do seu pé direito, vítima do mastro que apodrecia fora de lugar, ardia como se o fogo que havia causado na noite de núpcias mantivesse uma brasa latente e que agora, sem misericórdia, incandescia as pontas do tridente punitivo. Mas, flagelo pior, eram as lembranças do exibicionismo ciumento do ex-padre, tardes inteiras no pátio interno do circo arrancando pregos e desatando nós com o seu chicote.

— As lembranças me fizeram esconder entre as pernas tudo o que pude — disse o meu avô, sorriu e me contou que ainda sem saber que o ex-padre saíra da jaula a deixando aberta, ao ouvir o tumulto nas imediações supôs a plateia também ao seu encalço. Espremeu-se ao encontro do muro, sentidos despertos e, apartando os gritos de alerta dos impropérios e maldições, soube que os leões estavam à solta. Olhou para o alto avaliando a altura do muro, viu crescer a apreensão, mil vezes jurou que os urros vinham na sua direção, também ouviu próximos os estalidos do chicote, mas depois, assim que o tumulto refluiu, controlando a imaginação e juntando diálogos, soube que os leões, fugindo na direção da praça frontal à igreja, haviam obrigado o domador a se desviar do seu intento inicial.

Respirou, náufrago que emerge, e então, além de agradecer aos leões, vestiu as suas roupas com a mesma velocidade que as havia despido no seu entrevero com a contorcionista. O inchaço o impediu de calçar a botina direita, pôs-se em pé sufocando os gemidos e, ainda os sufocando, saltou o muro dos fundos da casa. Ao alcançar a calçada libertou os gemidos, todos de uma só vez. Levantou-se com a lentidão dos desencorajados, reagiu substituindo a planta do pé pelo calcanhar e enveredou pelas ruas paralelas em busca do reinício da estrada. Nas esquinas, agrupados em torno da arma protetora e agora se sentindo seguros, homens e mulheres riam do significativo gesto do anão que havia enlouquecido o domador. Também riam da velocidade das suas pernas curtas se distanciando da grande jaula. Outros homens, vindos das proximidades da praça, mentiam para os menos corajosos que os leões, vendo-se domados e levando o domador ao desespero, saltavam de banco em banco ao redor do coreto.

— Milagre, apreensão ou envolvimento, talvez os três — disse o meu avô justificando a sua caminhada pelo vilarejo isenta de abordagens ou de olhares curiosos. Olhou para o céu, baixou a cabeça, olhos refletindo mil azuis e me contou que ao alcançar a estrada, apesar da dificuldade em se apoiar no pé direito, ainda temeroso decidiu seguir em frente através das trilhas ou das pequenas matas que a margeavam. Caminhou espreitando insistentemente o céu, assustado com o desaparecimento da estrela que desde os momentos vividos com a cigana precedia os seus passos. Farol azul, e ali, próximo do fim da estrada e da irremediável bifurcação, sentiu-se desamparado, órfão à deriva, obrigado a submeter-se às próprias escolhas. Invocou a ajuda da velha cigana, pele mil vezes encarquilhada, rememorou um a um os sonhos que julgou premonitórios, bisbilhotou as imediações em busca de sinais e então, ainda desamparado, falseou canseiras e se sentou no chão, levando ambas as mãos ao encontro da terra. Imediatamente se imaginou na bifurcação e olhou à esquerda, na direção das terras altas, ali aonde todos os homens eram tristes. Além e à frente, a capital e as suas luzes se fingindo de sóis, iluminando os bordéis, também cem mil homens e todos eles, roupas idênticas às dos seus sonhos de futuro, marchando no ritmo ruidoso de cem mil engrenagens. Além e à frente, a capital, prática, real em todos os seus movimentos, lógica e determinada, receptiva até para os filhos que foram expulsos das terras paternas. Foi imediato: o meu avô se lembrou do pai e então, criança em busca da proteção inútil, instintivamente levantou as mãos as libertando da terra. Foi quando outra vez se sentiu leve, feliz, sem amarras e capaz de vasculhar o céu em busca da sua estrela. Olhou à direita e voou na direção do porto de muitos cheiros e tantos adeuses, alma nômade, livre enfim dos esconderijos e dos retornos obrigatórios. Alma nômade, aventureira e então, reconciliada com as suas escolhas antigas, estrela guia voou adocicando o sal, amenizando as ondas, buscando outros portos sob o azul do céu, sobre o azul das grandes águas desde sempre se acasalando com o infinito.

XXX

— As minhas dificuldades se iniciaram após o embarque — disse o meu avô e me contou que frustrando os bons sonhos do seu voo entre os azuis, além do sal ferindo a pele e das ondas de todos os enjôos, custeava a viagem se desdobrando noites inteiras na limpeza do convés exclusivo para os viajantes da primeira classe. Também toda noite, ao entrar no convés e imediatamente olhar para o céu, lembrava-se que ao vencer a indecisão e reencontrar a sua estrela pressentira que a sua solidão buscava o próprio fim. Embora soubesse que nem sempre os milagres são possíveis, às vezes se perdia no azul da sua estrela sonhando que a cigana o esperava contando as ondas, aflita pelo fim da viagem. Havia, ainda, as noites em que o peso dos baldes e do esfregão se tornava excessivo e era quando, vendo os casais elegantes e insones caminhando no ritmo das palavras, o meu avô sonhava com a fortuna.

Os seus sonhos eram outros quando ouvia, emergindo das sombras das amuradas, os gemidos dos amores clandestinos e então, impossível romper com os desacordos da abstinência, ansiava provocar atropelos anunciando a sua presença. Continha-se com dificuldade, assim como era difícil ver o esfregão como confidente enquanto grupos de amigos, fraque, cartola e imensos charutos incandescentes no amor entre iguais, passeavam pelo convés as suas histórias de sucesso. Durante o dia, confinado no porão dos imigrantes, as dificuldades se resumiam na impossibilidade de dormir. Sob o ritmo de mil vozes, canções folclóricas e desacordos, perambulava desejando que o riso sem sons das noivas discretas contagiasse o mundo. Sentia-se enjaulado, também sofria com a respiração submissa aos cheiros que se acumulavam e a sua imaginação, incapacitada às tréguas, acabou substituindo os bons sonhos por cenas de naufrágios, incluindo o próprio afogamento. Tentou iludi-la colhendo a esperança que ali, no porão, se revelava até nos dialetos estranhos, no amor que se escancarava entre os seios que amamentavam, na cobiça impossível, também nos olhares correspondidos.

Mas até as abstrações se perderam assim que a monotonia da viagem exacerbou os gritos infantis e paternos, acalorou as discussões e impeliu os confinados a se tornarem andarilhos entre as camas que se abriam e fechavam com os rangidos de dobradiças enferrujadas. Além da monotonia, o avanço do navio ao encontro dos trópicos tornou próxima do insuportável a temperatura do porão, os cheiros se multiplicaram e a irritação contagiou inclusive os recém-nascidos. Mães também choraram, orações foram ouvidas sem a inspiração dos assustadores delírios do mar e o meu avô, enfim, viu-se sob os efeitos da vigília. Os seus pensamentos se tornaram inconclusivos, a sua vontade bocejou em todos os cantos e na décima segunda noite da travessia, incapaz de se impor resistência, esticou o corpo ao lado da amurada, olhou para a sua estrela e dormiu no convés.

Sonhou que navegava em uma caravela pirata, malcheirosa e sob as ordens de um capitão tão cruel que na sua barba se concentravam todas as maldades do mundo. Gritava as suas ordens e a sua voz, embora rouca, superava o estrondo dos canhões, paralisando até a tripulação das naus inimigas. Repentinamente, cercado por uma armada de cem caravelas, ele gritou, o meu avô abriu os olhos e se viu ali, no convés ainda à espera do esfregão, rodeado pelo comandante do navio, o imediato, dois marinheiros e uma freira. Pôs-se em pé e então, convencido de que a verdade seria a melhor desculpa, não fantasiou os motivos que o levaram a ser vencido pelo sono.

— Creio que a minha aparência foi mais convincente do que a explicação — disse o meu avô e contou que o comandante o transferiu para a cozinha, dezessete mil copos e pratos de todos os tamanhos à espera de sabão. O seu turno de trabalho, diurno, coincidia com o turno dos gêmeos idênticos em tudo, menos nas opiniões. Sem agressividade, mas com veemência, divergiam até nos assuntos mais corriqueiros. Bastava um dos irmãos afirmar que ia chover para que o outro o contestasse alegando que os ventos do leste afastariam as nuvens. Durante as refeições a comida saborosa se tornava horrenda, ou ao contrário. Divergiam, inclusive, sobre a própria idade, idêntica claro, e sobre qual deles havia nascido primeiro. Belas mulheres se tornavam magras ou gordas demais, a fome de um era a inapetência do outro e a alegria sempre se espelhava no desconsolo.

Falseavam a voz, divergindo da semelhança, e se contradiziam até nas histórias pessoais. Para um deles o pai havia perdido a herança da mulher investindo em produções teatrais de gosto duvidoso. O irmão insistia que a herança era paterna e que o pai, sem jamais investir em nada, tinha se desfeito da fortuna entre as pernas das coristas, todas revelando o seu bom gosto. Divergiam, ainda, sobre o comportamento assexuado ou infiel da mãe, sobre a complacência ou severidade da educação imposta pelos avós e também de quem havia sido a boa ou a má ideia da imigração. Era quando o irmão que a sugerira como uma boa ideia, contrariando a própria opinião, afirmava que a fortuna que os esperava no novo mundo seria contada pelo número de calos nas mãos, todos amealhados lavrando as terras alheias. O outro, contradizendo o irmão e a si mesmo, enveredava pela certeza que amealhariam mil potes com moedas de ouro, outros mil repletos de diamantes perfeitos assim como as mulheres que enfeitariam.

E no porto, divergindo sobre qual deles poria primeiro os pés em terra firme, atravancaram o fluxo do desembarque e acabaram sendo empurrados para fora do navio por um grupo de imigrantes irritados com a espera. O céu sem nuvens era acolhedor, no cais todos se limitavam à esperança, terras, futuro, quem sabe boas chuvas, quem sabe sementeiras divididas, justas. Para o meu avô o céu sem nuvens se incandescia de azuis, a estrela não se negava, e ele, depois de conhecer dois abrigos temporários para imigrantes, empregou-se em um circo.

— Sem anões ou atiradores de facas — disse e me contou que, encarregado de alimentar os leões, também os tigres e de manter limpas as suas jaulas, chegou a sentir saudades do circo anterior. A limpeza das jaulas era obrigatória, mesmo que os animais não se ausentassem para as suas apresentações e, somando obrigatoriedades, logo cedo o meu avô limpava as baias e à tarde levava os cavalos para o pátio interno do circo e os escovava. Eram cinco, todos brancos, bem treinados e à noite, conduzidos por amazonas sensuais, encantavam as crianças, mais ainda os adultos. Precedendo os trapezistas, as amazonas deixavam o picadeiro sob aplausos entusiasmados e uma delas, esbanjando gestos e feições bem ensaiadas, também participava da última atração da noite: a encenação teatral de dramas comoventes. Toda peça era dividida em três atos, não havia mudanças de cenário e as tábuas que assoalhavam o palco rangiam sob o peso dos atores. As atrizes se fingiam de estrelas e a mais jovem entre elas, cabelos castanhos e nariz afilado, incorporava na vida real a personagem que interpretava no palco.

Era inevitável: interpretando uma santa vista como bruxa e castigada pela fogueira, duas vezes foi impedida de se imolar ateando fogo nas próprias roupas. Ao interpretar uma mulher rica e fútil, gastou o salário de um ano comprando sapatos, entregou-se aos escândalos ao interpretar uma cortesã e no papel de uma freira, caso não houvesse sido recusada pelo convento, teria abandonado a carreira de atriz.

Claro que essa convivência tão íntima com as personagens se refletia nas suas apresentações. Até então sempre aclamada, obrigava o grupo teatral, descontentando as demais atrizes, a mantê-la nos papéis principais. Acabou isolada, tanto pelo descontentamento progressivo quanto pelas despropositadas inserções nos seus diálogos das falas recitadas no palco. A solidão não feriu a intérprete, apenas a fez alongar os seus passeios pelo pátio interno do circo e às vezes, necessárias as interpretações contínuas, elegia como plateia um casal de elefantes. Era quando, olhando nos olhos luminosos da fêmea, murmurava as suas falas e depois, assim como se fosse abraçada pelo público, enlaçava-se na tromba do macho.

Foi o que contou o meu avô e também que a impaciência dos leões contrastava com a suspeita imobilidade dos tigres. Sentia-se vigiado até mesmo quando os alimentava e a tensão que causavam era semelhante à tensão dos pesadelos. Compensando, a docilidade dos cavalos o encantava, assim como o encantava a sensualidade das amazonas e o andar ondulante de uma jovem trapezista. Às vezes ela olhava para trás e sorria, apenas expondo o flagrante. O encanto era então substituído pelo desconforto, as amazonas restringiam os seus afetos dentro dos limites da tenda que partilhavam e, para o desconsolado tratador dos animais, os dias se esgotavam no insípido gosto das abstinências prolongadas.

Algumas vezes ele já havia visto a atriz passeando pelo pátio e em todas elas, tanto o seu olhar distante quanto o andar entristecido, tinham silenciado os alarmes, mas logo na primeira vez que a viu enlaçada na tromba do elefante sucumbiu às invocações dos instintos e, ondulando o corpo assim como se a abraçasse e esquecido dos cavalos, entregou-se à expectativa de se ver refletido no olhar da artista. E à espera, vasculhando a abstinência e aguçando a imaginação, multiplicou os bons atributos da mulher e fez o meu avô se imaginar substituindo a tromba do elefante. Foi quando a atriz ondulou mais ainda o corpo e, depois de passear os olhos pelos cavalos, olhou para o tratador dos animais, mas com o olhar da personagem que então interpretava: a saudosa, apaixonada e fiel esposa de um guerreiro envolvido nas batalhas do leste.

— Claro: ali à sua frente apenas um cavalariço com o corpo torto e de boca aberta — disse o meu avô, sorriu, olhou para a sua estrela através dos vidros que cobriam o terraço, baixou os olhos e me contou que apesar da boa atuação da atriz, a peça que então era apresentada provocava na plateia a agitação ruidosa dos descontentamentos. Além da previsibilidade do desfecho, um ato inteiro dedicado aos relatos do heroísmo pouco convincente do guerreiro, os dois atos precedentes restringiam a interação entre as personagens com longos monólogos da mulher, ou aos pés das santas implorando proteção ao marido, ou aos pés da cama, reduto de uma saudade inconsolável. Não demorou e veio a noite em que os aplausos não sufocaram os ruídos dos descontentamentos, as primeiras vaias vieram na noite seguinte e os circenses, temerosos que o insucesso da última apresentação da noite invalidasse a qualidade de todo o espetáculo, cancelaram a peça e as amazonas, sempre encantando tanto as crianças quanto os adultos, tornaram-se temporariamente a atração final.

Foi quando os atores, predestinados a se envolverem no destino alheio, entre trinta e dois dramas disponíveis selecionaram e iniciaram os ensaios da peça que envolvia os amores clandestinos da jovem filha de um conde empobrecido com o cavalariço da família, embora ela fosse desejada como mulher por três tenentes da milícia e como esposa pelo filho mais velho de um importante banqueiro. Incluindo a arrogante vigilância paterna, o suicídio do herdeiro e os insanos duelos travados pelos tenentes, a peça, além do suspense provocativo, enriquecia-se com a interação entre as personagens. O drama haveria de fazer sucesso, mas antes, ao ver o meu avô escovando os cavalos, a atriz declamou para si mesma as confissões que no palco seriam feitas ao cavalariço e depois, desvencilhando-se da tromba do elefante e fiel ao roteiro, aguardou o início da noite, burlou as vigilâncias e fez a sedução irreal do palco se transferir para a realidade da cocheira.

Então as noites se alongaram e ali, entre as baias, a atriz e o cavalariço venceram os amores impossíveis sobre o feno morno, venceram o outono sobre o calor acumulado e no início do inverno, rompendo as falas decoradas e pela primeira vez levando a realidade para o palco, a atriz beijou o ator que representava o cavalariço, olhou nos seus olhos e disse que estava grávida.

XXXI

— Sete meses e vinte e três dias depois nasceu a sua mãe — disse o meu avô e então, como sempre me mantendo no colo, contou que os atores, assim que a gravidez se tornou visível, estrearam uma nova peça sem qualquer participação da atriz. Imediatamente os seus olhos perderam o brilho e os seus gestos, refletindo a ausência de personagens, tornaram-se involuntários ou inconclusivos. Era como uma sonâmbula sem a motivação do sonho, mas no décimo sexto dia após o seu afastamento do palco, uma sexta-feira comum, atravessou o pátio ignorando os cavalos, também o cavalariço, postou-se à frente dos elefantes e ali, alternando expressões e falas, interpretou fragmentos de alguns dramas que havia estrelado no início da sua carreira.

Na tarde seguinte, olhos ainda opacos e outra vez à frente dos elefantes, dramatizou trechos das oito peças que havia interpretado com o brilhantismo merecedor das ovações efusivas. Afastou-se sem completar o tradicional gesto de agradecimento aos aplausos, e no domingo, respeitando o horário das duas apresentações anteriores, depois de interpretar fragmentos de quatro dramas recentes e um antigo, expressão se alternando entre altiva e irada, enveredou pelo papel da rainha que havia perdido mas que ainda lutava para recuperar o seu reino. Foi quando seus olhos retomaram o brilho e os seus gestos assumiram a arrogância típica daqueles que podem sagrar homens simples em cavalheiros.

Indiferente ao avanço da gravidez e aos arranjos necessários para o acolhimento da criança, voltou a se enlaçar na tromba do elefante. Também não interpretou como mãe as dores do parto, último elo entre ela e a filha de olhos tão azuis quanto os do pai.

— Pai — disse o meu avô, e me contou que foi ele quem providenciou os caldeirões de água quente exigidos pela parteira, também os lençóis virgens, e depois, passeando pelo pátio do circo a aflição da espera, não previu que a atriz, após o parto e ainda vivendo o seu papel de rainha, veria nas circenses as damas que desde sempre cuidam das princesas. "Pai", repetiu-se, sorriu e sem se desfazer da expressão amorosa disse que a filha havia nascido com o dom dos encantamentos. O seu sorriso envolvente e o olhar sem mistérios, além das paixões imediatas, provocavam o esquecimento das mágoas e dissabores. Ao seu lado o mundo se fazia feliz e a felicidade era visível no sorriso das amas de leite, entre os conselhos e cuidados das mães já avós, também entre as amazonas, sensíveis e experientes nas partilhas do amor.

Em setembro não vieram as chuvas previstas, o circo se pôs a caminho e assim que mais uma vez ergueu as suas lonas, o grupo teatral, enfim determinado, criou para a atriz o papel de uma espiã tão heroica e destemida que ia ao encontro do país inimigo como amante do capitão de um navio cargueiro. Ela não levou nem os sapatos, e o meu avô, como sempre dividido entre a gratidão às circenses e o ciúme, burlava até as suas obrigações para ficar com a filha. Sorria e brincava como um pai criança, aprendeu o sono vigilante das mães, sensibilizou o dorso das mãos à procura das febres, preocupou-se com as quinas logo após o primeiro passo, e veio o tempo em que pôde colocar a filha sentada no colo para contar histórias. Então, falseando a voz, narrava as travessuras dos pequenos animais tagarelas e amigos dos leões. Eles ignoravam os elefantes e, todas as manhãs, depois de atravessarem a terra dos encantos, ganhavam uma fruta do pomar cultivado por um homem muito simples. E havia os bichinhos tecelões, sempre emaranhados em fios coloridos, e eram eles que saltavam as janelas em busca dos doces feitos por uma doceira mágica.

Nas suas histórias surgia sempre o menino cigano que em busca do violino mágico havia se perdido da tribo. Sob os acordes do violino as flores desabrochavam, encurtavam-se as distâncias e cessavam os trovões. Embora poderosos, os acordes não neutralizavam os feitiços dos cento e setenta e dois bruxos, todos de cabelos e rostos idênticos. Eram eles que espalhavam pelo mundo os doze redemoinhos, as doze escuridões e que haviam roubado do céu a estrela azul, único amuleto eficiente contra os feitiços. Apenas a fada que coloria o mundo sabia onde estava a estrela, mas, por mais criativas que fossem as histórias contadas pelo pai, nenhuma delas despertava tanto a atenção da filha quanto as narrativas envolvendo os tapetes mágicos. Era quando ela levantava as mãos e as ondulava no ar como se também voasse entre as nuvens de algodão açucarado, sobre o castelo protegido pelo dragão bondoso ou acima das terras perdidas no último canto do fim do mundo.

— Voávamos juntos — disse o meu avô, e contou que reinventando histórias acabou criando o mago que tecia os tapetes mágicos, e os tecia coloridos, alguns como se fossem as asas do dragão bondoso, outros nasciam longos, trançados em fios azuis, e havia aqueles que reproduziam nos seus bordados as heroicas aventuras do menino cigano. Mas a maioria, tecidos com a maestria dos grandes tecelões, eram inspirados nas histórias infantis contadas desde sempre. Foram esses os primeiros tapetes que cinco anos depois se tornaram reais, mas antes, quando ainda os tecia na imaginação, o meu avô notou que eles se registravam na sua memória, fiéis até aos detalhes mais sutis. Também notou que ao criá-los, involuntários, os seus pés e mãos se moviam assim como se os fios imaginários apenas se entrelaçassem obedientes aos movimentos dos arcaicos teares herdados do velho tecelão. Fechou os olhos e lembrou-se dos dez mil enigmas inclusos em cada um daqueles teares, enigmas que havia solucionado.

 Dias depois se surpreendeu avaliando a espessura dos longos pelos da crina de um dos cavalos. Era uma quarta-feira e as nuvens, raras, não desencantavam os azuis do mundo e os ventos, sutis, não carregavam histórias antigas, magias ou premonições. Tudo era presente e real, o cavalariço e as suas obrigações, a crina dos cavalos, a jaula dos leões, também os circenses que ali, no pátio interno do circo, aperfeiçoavam os seus talentos. Pratos giravam na ponta de varas flexíveis, malabarismos eram feitos com uma imensidão de argolas, bolas coloridas testavam a velocidade das mãos, e os pratos afrouxavam os giros antes do novo impulso, e as argolas subiam e desciam nas suas tramas perfeitas, e as bolas coloridas se multiplicavam, e nos lábios dos circenses a tensão do desafio se substituía pelo sorriso do sucesso.

 Os longos pelos da crina dos cavalos tinham a mesma espessura e então, durante os quatro anos e quatro meses que se seguiram, precedido pela sua estrela e sempre acompanhando o circo nas suas constantes mudanças de cidade, o meu avô não se limitou apenas a sonhar com a retomada da sua vida de tecelão. Visitou tecelagens se encantando com os teares recentes, comprou livros de histórias para crianças em busca de ideias, habituou-se a desenhá-las, aceitou trabalhos desprezados pelos circenses e poupou a maior parte dos seus ganhos. Guardava as moedas em um cofrinho de barro representando um anão corcunda e a cada moeda guardada, ansiando pela multiplicação, lembrava-se das crendices da aldeia natal e acariciava três vezes a deformação.

Nessa época o meu avô encontrava o melhor dos prazeres com uma circense avessa aos relacionamentos passíveis de dramas. Sorriam economizando palavras e, invadindo as horas mais tardias, entregavam-se sem pudores. Depois sorriam e o sorriso agora nada mais era do que a promessa de um novo encontro. Amavam o prazer que se proporcionavam, e esse seria o modelo de relacionamento que o meu avô haveria de buscar pelo resto da sua vida.

— O amor sem limitações eu sabia à minha espera — disse o meu avô, olhou para o céu, sorriu a sua saudade e contou que, apesar do acúmulo de obrigações, contando histórias ainda voava com a filha, mas os seus voos agora eram sobre a terra dos mestres tecelões. Alguns eram solitários, outros também voavam com as filhas e havia os sonhadores que todos os dias, vinte vezes, vagavam além das nuvens namorando uma estrela. Eram os mais felizes e aqueles que teciam os tapetes mais coloridos, e as pequenas mãos da filha, ondulando, erguiam-se acima das nuvens ainda açucaradas, os olhos do pai as acompanhavam, também acompanharam a marcação do tempo e a corcunda do anão de barro, mil vezes acariciada, perdeu as cores e se desgastou.

Foi quando o meu avô, obediente às mudanças do circo, descobriu que não era precedido pela sua estrela. Olhou para o norte e lá estava ela, imóvel, sobre a cidade que ele havia deixado para trás. O seu brilho, muito além do comum,

esparramando os azuis que negam as incertezas sobrepunha-
-se ao azul pálido do meio-dia. Não acenava o fim dos sonhos
e sim os seus encantos, todos, e se expandiam, mágicos, também
negando as incertezas vividas na véspera entre os teares
da tecelagem então visitada. Era pequena, quase escondida na
rua mais afastada da praça central e um muro sem cuidados
a escondia mais ainda. Teares silenciosos refletiam a falta de
encomendas e o tecelão, descendente de imigrantes vindos
das terras frias, até no olhar mostrava a indolência dos desmotivados.

    E o meu avô, ali, viajando com o circo sob o sol do
meio-dia, livre então das incertezas e sem desviar os olhos
da sua estrela, substituiu as impressões da véspera pela lembrança
das flores que haviam vencido o mato que rodeava
a tecelagem da sua aldeia natal. Sorriu, refletindo a sua decisão,
mas o seu sorriso não foi tão aberto quanto o sorriso
do tecelão ao aceitá-lo como sócio. Era uma terça-feira e
no sábado, sob o empenho do novo sócio, o amplo terreno
que abrigava a tecelagem já se livrara do mato, também dos
entulhos, o muro estava pintado e lubrificadas as dobradiças
do portão. Pedreiros alargavam as janelas, e assim que o
sol iluminou a tecelagem se estabeleceu a harmonia entre a
técnica e a criatividade. Os fios reproduziram as cores felizes,
os teares não decepcionaram e, prontos e distribuídos os primeiros
tapetes, encantaram os filhos, mas foram os pais que
voaram em busca dos portões mágicos, e os abriram, príncipes
heróis, e ludibriaram as bruxas, e reaprenderam a linguagem
dos animais, também reviveram os seus antigos amores pelas
fadas e voaram, crianças sem medo, além, muito além dos
limites do mundo.

    As encomendas se multiplicaram, a tecelagem cresceu
e a passagem do tempo se escondeu tanto no replicar

incessante do dia a dia quanto nos voos da imaginação ainda alimentada pela milagrosa seiva da raiz dos espinheiros. Não era hereditária, assim como não foi o gosto pelas tecelagens e segui em frente, quase sempre alcançando menos do que esperava. Muitas vezes, indeciso nas bifurcações, lamentei a minha incapacidade de voar, ou a ausência de uma estrela que me precedesse. Confesso que ainda hoje, às vezes perdido em olhares verdes, busco o fascínio da contorcionista. Em alguns dos meus amores busquei a impetuosidade da prima, em outros busquei a inocência do homem simples, mas são inalcançáveis as emoções e imagens que projetei nos vidros do terraço aberto ao céu. O meu avô teria uma mágica que faria reais os sonhos antigos e depois contaria uma das suas histórias, criando novos sonhos.

Era sempre assim, e nos seus últimos anos, apesar do avanço da doença que o submetia aos martírios da cama, mantinha nos lábios o sorriso que tantas vezes colhi ao longo das suas histórias. Às vezes ele era terno, talvez o reencontro com algum afeto que não se perdeu no tempo, outras vezes, ansioso, talvez refletisse o seu apressado desejo de que enfim viessem as asas para o seu voo final, mas quase sempre o seu sorriso se alternava obediente às emoções das histórias que agora vivia. Eram todas felizes e sou capaz de pressenti-lo além, muito além, contando que então pediu ao neto que o pusesse no colo e o levasse até a janela. Era uma quarta-feira, dia sempre propício às grandes viagens, e ele, ali na janela, depois de colher a alegria das brisas e sorrir olhando nos olhos azuis do neto, olhou para o céu e foi quando voou ao encontro da sua estrela.

Sobre o Autor

Orlando Lodi nasceu em 1942 e, desde cedo, revelou-se inclinado a seguir os caminhos das artes. Ainda jovem, trabalhando com ferramentas e placas de acrílico, criou mosaicos, tendo como inspiração o folclore brasileiro. Vieram as primeiras exposições e prêmios, mas, irrequieto, descobriu as belezas do universo joalheiro, principalmente as cores vivas das pedras semipreciosas. Entre uma criação e outra, algumas de sucesso, escreveu dois livros e aos cinquenta e oito anos, ainda irrequieto, voltou para as artes plásticas, agora se expressando através de telas e esculturas. Vieram novas exposições, também a inquietude provocada pela história que o perseguia há mais de vinte anos. Em dois mil e quinze decidiu contá-la e então **Sobre Todos os Amores** foi escrito.

Impressão e Acabamento
Bartira
Gráfica
(011) 4393-2911